땀___
흘리는
도 시

스리랑카
에세이

글 · 사진 서현지

문학공감

땀 흘리는 도시

글·사진 서현지

프롤로그

살아보기로 한 건 좋은 결정이었다
스리랑카는 빼곡한 불편이 있는 나라지만
무수한 이야기가 있는 곳이기도 했다
그곳에서 몸으로 통과해 온 나날들을 기록했다
태어나 스스로 선택한 일 중 가장 잘한 일이다

목차

송아지를 개처럼 키우는 나라

∴

늦게까지 자고 싶었지만 실패했다. 처음엔 히란이 방문을 두드려서 깼고, 다음엔 소가 10분 간격으로 울었기 때문에 깼다. 두 번 세 번 네 번 깼다. 소 울음소리는 정말이지 굉장했다. 소들은 몸통에서 공기를 꾹꾹 밀어내듯 굵고 길게 악쓰듯 울었다. 텍스트로 표현하자면 '음무-우우우우악!' 정도 되겠다. 이 소리는 진동 형태로 공간을 휘저었는데, 때문에 소가 한 번 울 때마다 고막도 같이 웅- 울었다. 정말이지 팔짝 뛸 만큼 시끄러웠다. 완전히 눈을 뜨고 시계를 보니 10시였다. 혼자 맞는 아침은 조금 서글펐다. 함께 있던 해리는 어제 스리랑카를 떠났다. 빈 옆자리가 싫어서라도 부러 벌떡 일어났다.

따뜻한 이불 밖으로 나오자 반팔 아래로 드러난 맨살에 소름이 돋았다. 좋은 숙소라지만 산에서 내려오는 냉기는 막지 못했다. 이불 안팎의 온도 차가 급격했다. 고개를 숙이자 맑은 콧물이 물처럼 흘렀다. 온돌 개념이 없는 나라를 여행할 때 자주 겪는 증상이다. 한국처럼 구들을 끓여 공기를 데우는 국가는 드물기 때문에 나는 여행 중에 자주 비염을 앓는다. 드라이기를 꺼내 콘센트에 꽂았다. 이럴 때는 빨리 따뜻한 바람을 쐬어 줘야 한다. 드라이기는 머리를 말릴 때도 쓰지만 경우에 따라 히터나 양말 건조기로 쓰기도 한다. 바람을 약하게 틀고 바닥에 쭈그리고 앉았다. 무릎과 가슴 사이에 대고 있으니 금세 따뜻해졌다. 너무 한 곳에만 대고 있으면 뜨겁기 때문에 3초 간격으로 자리를 살짝씩 옮겼다. 닭살은 금세 가라앉았다. 피부에 핏기가 돌았다. 이제 욕실로 들어갈 수 있을 것 같았다.

"굿모닝! 잘 잤어?"

샤워를 마치고 1층으로 내려왔다. 집주인 히란이 층계참 아래서 손을 흔들었다. 하이랑카 숙소에는 히란 말고도 두 명의 직원이 더 있다. 한 명은 나이가 많은 매니저고 다른 한 명은 주방 일을 돕는 이모님이다. 매니저는 영어를 잘했지만, 이모님은 '헬로우' 말고는 아는 영어가 없었다. 때문에 나를 보자마자 눈을 피했다. 여자 스리랑칸들은 흔히들 저랬다. 나서지 않고 수줍음이 많으며 말을 시킬까 봐 티나게 전전긍긍했다. 그러면서도 항상 인사는 잘 해줬다. 이모님도 그랬다. 내가 먼저 꾸벅 고개를 숙이자 이모님도 내가 숙인 것의 반만큼만 숙이며 인사했다. 어쩐지 고개를 숙이면서 손도 같이 흔들었다. 말로 치자면 반만 존댓말인 느낌이었다. 생각해보니 스리랑카는 애초에 고개 숙여 인사하는 나라가 아니었다.

별관 쪽에서 웃음소리가 들렸다. 하이랑카는 메인 저택인 본관과 그 옆에 달린 별관으로 구성되어 있다. 본관에서 별관 사이에는 좁은 복도가 있다. 복도에는 커다란 세탁기가 있고 세탁기 옆으로 식재료를 쌓아두는 상자가 있다. 메인 저택에는 개인실이나 다인실이 있고 도미토리는 몽땅 별관에 모았다. 대부분의 손님들은 도미토리에 묵었다. 도미토리는 불편하지만 저렴하고 그러면서도 재미있었다. 좁은 공간에 많은 사람이 모여있기 때문이다.

히란의 말에 의하면 손님의 대부분은 서양인이다. 유럽권에서 제일 많이 오고 다음이 미주, 서남아시아, 동아시아 순이라고 했다. 현재 나는 하이랑카에서 얼굴색 다르고 영어도 안 되는 유일한 동아시아인이다.

"히란, 아침에 왜 내 방에 왔었어?"

히란은 아침 식사 때문이라고 했다. 하이랑카에서는 무료로 아침을 준다. 조식 배식이 9시에 마감되는데 내가 아직 자는 것 같길래 깨우러 왔다고 했다. 식탁에는 내 몫의 바나나가 두 개 놓여있었다. 하나가 아니라 두 개라 왠지 귀여웠다.

"고마워. 잘 먹을게."
"어디 가?"
"타운. 장 좀 보려고. 필요한 게 많아서."

만난 지 며칠 되지 않았지만 우리는 서로가 편했다. 히란은 나를 볼 때마다 장난을 걸었고 나도 딱히 예의를 차리지 않았다. '익스큐즈 미'나 '아임 쏘리 벗'으로 문장을 시작하지 않아도 되는 건 편했다. 히란에게는 벌써 여러 가지 장점이 있었다. 그 중 불필요한 질문을 하지 않는 게 제일 좋았다. 히란은 친절히 행동했지만 몸과 마음 모두 약간 물러서 있는 것 같은 사람이었다. 의심 많은 여행자를 안심시킬 수 있는 적절한 태도라고 생각했다.

"집 앞에 편의점 있어. 타운까지 가지 말고 거기서 사."

그러면서 히란은 수상쩍게 웃었다. 편의점이라. 하이랑카 앞에 편의점이 있었던가? 히란이 'Convenience Store'라는 단어를 썼기 때문에 조금 혼란스러워졌다.

넓은 앞마당을 지나 대문 밖을 나섰다. 하이랑카 앞에 송아지 한 마리가 묶여 있었다. 송아지는 울타리 안에 갇힌 채 큰 눈을 게슴츠레하게 뜨고 있었다. 나와 눈이 마주치자 그것은 길고 큰 소리로 울었다.

"음무-우우우우악!"

이 자식, 너구나! 꼬나보지 않을 수 없었다. 당분간 늦잠은 못 잘 것 같았다.

　골목을 걸어 큰길로 나왔다. 말이 큰길이지 그래봤자 봉고차가 간신히 지나갈 정도로 좁다. 좁은 길에는 차도 사람도 없었다. 지나다니는 뚝뚝이 없었기 때문에 타운까지 걷기로 했다. 누와라엘리야의 날씨는 이상했다. 실내는 너무 추운데 밖으로 나오면 갑자기 더웠다. 두텁게 껴입은 후드티가 벌써부터 부담스러웠다.

　일단 편의점을 찾아보기로 했다. 있기만 하다면 타운까지 가지 않아도 된다. 숙소에서 조금 걸어 나오니 아주 작은 상점이 나타났다. 그것은 너무나 작았기 때문에 약간 성냥갑처럼 보였다. 아무거나 주워다 되는대로 만든 것 같아 절대 만지지 마시고 눈으로만 봐야 할 것 같이 생긴 집. 이게 원래 여기 있었던가? 성냥갑 집은 반에 한 명씩 꼭 있는 존재감 없는 학생처럼 누가 '여기 가게가 있다'고 알려줘야

만 비로소 눈에 띌 것 같았다. 외부를 천천히 뜯어보니 이곳이 물건을 파는 가게라는 단서가 곳곳에 있었다. 앞면으로 손바닥만 한 창이 있고 창 안쪽으로는 절대 내 돈 주고는 안 사 먹을 것 같은 사탕과 콜라, 담배나 과자 등이 나름의 규칙으로 진열되어 있었다. 벽에는 복권을 판매했던 것으로 추정되는 크고 작은 스티커들이 새똥과 함께 말라붙어 있었다.

어디서 사람 소리가 들렸다.

"할로~!"

낮고 굵은 소리였기 때문에 그것은 약간 소 울음 같았다. 깜짝 놀라 주위를 돌아보았다. 이번에는 노크 소리가 들렸다. 똑똑! 소리는 가게 안쪽에서부터 깊이 퍼졌다. 머리를 숙여 창 안을 들여다봤다. 어둠 속에서 하얀 눈알 두 개가 나를 보고 있었다. "으악~" 눈알만 공중에 동동 떠다니는 것처럼 보였기 때문에 나는 소리를 지르고 말았다. 어둠 속에서 남자가 껄껄 웃었다. 웃음소리만으로도 나는 남자가 아주 늙었다는 것을 알 수 있었다. 어쩐지 나이테는 목소리에도 있는 느낌이었다.

"아오, 죄송해요. 너무 깜짝놀라서⋯."
"필요한 것 있니?"
"네?"
"필요한 것 있니?"

남자는 같은 영어 문장을 똑같이 반복했다. 암기한 대사라는 게 티가 났다. 가게 안에는 도저히 살만한 게 없었기 때문에 나는 양팔로 엑스자를 그렸다. 히란이 말한 편의점이 이거였구나! 편의점이라니, Convenience Store라니. 성냥갑 집을 등지고 타운으로 걸었다. 자꾸만 웃음이 피식피식 났다.

나를 먹여 살리는 기쁨

❖
❖

타운으로 가는 길은 단순하다. 하이랑카를 등지고 오른쪽으로 계속 걸으면 된다. 조용한 마을과 달리 타운은 볼거리가 많기 때문에 신이 났다. 큰 차와 시끄러운 사람들, 좋은 냄새가 나는 밀가루 과자와 솜사탕. 소리와 사람 속에 섞이는 동안 나는 조금 덜 외로워졌다. 통신사에 들러 남은 데이터를 체크하고 ATM기를 찾아 현금을 뽑았다. 수수료가 비싸기 때문에 한 번에 양껏 뽑아야 한다. 머리에 피가 돌기 시작하자 배가 고팠다. 사 먹거나 만들어 먹을 생각을 하니 조금 설레었다.

누와라엘리야 메인 마트는 아무나 들어올 수 있지만 누구든 약간의 검열을 받아야 했다. 방문객들은 입구에 가방을 맡긴 뒤 개폐 장치를 밀어야 입장할 수 있다. 유니폼을 차려입은 가드들이 입구에 서서 이 과정을 지켜봤다. 가방을 입구에 맡기고 번호표를 받았다. 퇴장할 때는 이 과정을 반대로 하면 된다.

씨 없는 청포도와 소시지, 물, 샴푸와 스파게티 면과 토마토소스를 카트에 담았다. 누와라엘리야 마트에는 아시아 푸드 코너가 있었지만 일식과 중식만 있고 한식은 없었다. 세계 어디를 가도 아시아 카테고리에서 한국은 늘 순위가 밀리는데 그때마다 나는 새초롬한 기분이 되었다. 중국식 고추기름을 사다 야채볶음을 만들까 했는데 코너에 중국인 관광객이 너무 많아 포기했다. 중국인들의 성조는 너무 높고 뾰족하기 때문에 가끔 허들처럼 느껴질 때가 있다. 언어에도 모양이 있다면 중국어는 왠지 여러 모서리를 가진 형체일 것만 같았다. 카트를 밀며 중국인 관광객들 옆을 지나치는데 어쩐지 그들이 나를 노골적으로 훑었다. 누구는 위에서 아래로 다른 누구는 아래에서 위로. 기분이 나쁜데 뭐라고 하기는 애매했다. 이런 상황에서 애매한 피해자는 늘 짜증난다.

　장 본 비닐봉지를 들고 집까지 걸었다. 올 때는 내리막이었는데 갈 때는 오르막이었다. 뚝뚝을 탈 수도 있었지만 그러지 않았다. 짐이 무겁지 않았고 무엇보다 약간 걷고 싶었다. 타운과 멀어질수록 풍경은 빠르게 바뀌었다. 비슷비슷하게 낡고 못생긴 집들이 와르륵 나타났다가 천천히 사라졌다. 길 위에는 소나 강아지나 사람이 마구 앉거나 서 있었다. 아무렇지 않은 모양들이 모조리 그림 같아 자주 카메라 셔터를 눌렀다. 내려갈 때는 30분이 걸렸고 올라갈 때는 그보다 좀 더 걸렸다. 그러는 동안 콜드플레이의 'Hymn For The Weekend'을 열 번 넘게 들었다. 걸으며 듣기에 참 좋은 음악이었다. 박자가 발걸음과 딱딱 맞았다.

　집으로 돌아가면 곧장 요리를 할 생각이다. 나물 반찬과 계란국을 만들어 아점을 챙겨먹고 오후엔 간식으로 소시지를 굽거나 포도를 씻어 먹어야지. 기회가 된다면 히란이나 매니저나 주방 이모에게 좀 나눠줘도 좋을 것 같다. 여행 중에는 내 끼니를 챙기는 것조차 중요한 스케줄이 된다. 여행이 즐거운 이유 중 하나다.

손빨래와 손으로 먹는 밥

⋮

빨래를 하기로 했다. 배낭에 밀린 빨랫감이 한가득이다. 여행할 때
는 빨래 타이밍도 잘 맞춰야 한다. 덜 마른 옷감은 무게가 어마어마
한 데다 물기 있는 채로 배낭에 넣었다간 반드시 쉬었다. 빨래에도 곰
팡이가 필 수 있다는 사실을 나는 여행 하는 동안 처음 알았다. 옷감
이 애매하게 덜 말랐을 때 벌어지는 일이다. 한 번 곰팡이 핀 옷은 재
빨리 버리지 않으면 멀쩡한 옷까지 못 입게 되기 때문에 무척 성가시
다. 그래서 오래 머물고 싶은 지역을 만날 때까지 빨래는 최대한 미뤄
두었다가 환경이 됐을 때 재빨리 해치우는 쪽을 택한다.

빨래를 너무 오래 못 할 때는 한 번 입었던 옷을 도로 꺼내 입기도 한다. 좀 찝찝하긴 하지만 두 번까지는 견딜 만하다. 그러기 싫은 날엔 새 옷을 사 입는다. 어느 나라든 저렴한 옷가게는 있고 잘 찾아보면 중고숍도 많다. 어떨 때는 중고숍에서 대박 예쁜 빈티지 원피스를 건질 때도 있다. 쇼핑을 하면 옷도 생기고 기분도 좋아지기 때문에 나는 서슴지 않고 빨래를 미룬다. 어쩌면 나는 새 옷을 사 입기 위해 빨래를 미루는 것일지도 모르겠다.

그래도 속옷은 열심히 빤다. 팬티는 자기 전에 손빨래했고 브래지어도 최소 이삼일에 한 번은 빨았다. 패드가 달린 브래지어는 아무리 쥐어짜도 물기를 완전히 제거하기 어렵기 때문에 마른 수건으로 꾹꾹 눌러줘야 한다. 탈수 작업에 사용된 수건은 축축이 젖기 때문에 창가에 널어 이틀 정도 말린다. 수건은 딱 두 개만 가지고 다니기 때문에 젖은 수건이 마를 때까지 남은 하나를 사용한다. 그 하나로 몸도 닦고 머리도 닦고 발도 닦는다. 조금 더럽지만 괜찮다. 서현지가 이만큼 더럽다는 건 서현지만 아는 비밀이고 이 정도 비밀은 누구에게나 있다. 여행 중에는 뻔뻔하게 사는 법을 다양한 각도에서 체화한다.

주로 세탁 세제를 사용하지만 없으면 비누나 폼클렌징도 괜찮았다. 샴푸나 바디워시도 가끔은 쓰지만 거품이 많이 나 헹굴 때 힘들기 때문에 되도록 자제한다. 세제는 마트에서 구입할 수도 있지만 웬만하면 구멍가게에서 파는 일회용 세제를 쓴다. 배낭 무게를 늘리지 않기 위해서다. 일회용 세제를 대여섯 개쯤 사다 배낭에 쟁여두면 최소 보름은 쓴다. 필요할 때마다 똑똑 뜯어 양동이에 푼 뒤 세탁물을 넣고 10

분쯤 발로 밟아주면 끝이다. 빨래를 밟는 것은 단순하고 반복적이며 지루하기 때문에 나는 의식적으로 딴생각을 한다. 떠올리는 것들은 그때그때 다르다. 대부분은 며칠 전에 만난 사람들이나 그때 했던 말들, 후회되는 행동, 그때로 돌아간다면 그 말 대신 이 말을 해야겠다, 같은 것들. 기억 소환 작업을 계속하다 보면 감각이 서서히 흐려지며 머리가 몽롱해지는데 이때 정신을 한 번씩 붙잡지 않으면 높은 확률로 중심을 잃고 넘어졌다. 그래서 발로 빨래를 할 때는 반드시 세면대나 수건걸이를 단단히 붙들어야 한다. 아직 빨래를 하다 다친 적은 없지만 혹시 일어날지 모를 일을 상상하며 나는 자주 몸을 떨었다.

본 게임은 탈수부터다. 여름옷은 그나마 나았지만 후드티나 겨울 바지는 이야기가 달랐다. 두꺼운 세탁물은 물기가 한 방울도 없을 때까지 꽉꽉 짜야 하는데 이 과정에서 나는 자주 손톱을 다치거나 손목을 삐끗했다. 이런 순간이 오면 문명의 혜택으로부터 돈까지 써가며 멀어져 온 걸 왕왕 후회하기도 한다.

다행히 하이랑카에는 세탁기가 있다. 손님에게 대여해주는 용도는 아니지만 슬쩍 히란에게 말해 허락을 받았다. 주인인 히란은 나를 많이 챙겼다. 아마도 서양인들 사이에서 소외감을 느낄까 봐 염려하는 것 같았는데, 마음은 고맙지만 딱히 그렇지는 않았다. 나는 누구하고도 잘 지내지만 아무도 없으면 더 잘 지냈다.

세탁기는 본관과 별관 사이를 이어주는 복도에 있다. 약간 동전 노래방 같은 냄새가 나는 복도에는 양파망, 깎다 만 감자, 치우다 만 쓰레기 같은 것들이 조금씩 굴러다녔다. 세탁기 옆에는 섬유유연제로 추정되는 액체가 담긴 커다란 통이 있었는데 색이 너무 형광펜 색깔이라 대충만 봐도 건강에 몹시 해로울 것 같았다. 티셔츠와 겉옷 몇 개, 한국에서 산 바지 두 벌과 수건을 세탁기 안으로 쑤셔 넣었다. 이불 빨래용 세탁기라 옷감을 다 넣고도 공간이 넉넉했다. 동행이 있었다면 모아서 같이 돌려도 좋았을 텐데. 혼자 여행하다 보면 이런 비효율적인 순간이 자주 찾아온다.

물 높이와 세탁 강도는 수동으로 조절하면 되었다. 뚜껑에 LG 마크가 커다랗게 붙어 있었지만 어쩐지 한국 것과는 사용법이 달랐다. 모든 설정을 '중간'으로 맞춘 뒤 작동 버튼을 눌렀다. 설정을 대충하면 빨래도 대충 되겠지만 대충대충 사는 것은 편했기 때문에 나는 자주 그랬다.

세탁기가 돌아가는 동안 나는 기계가 해줄 수 없는 것을 했다. 여행 중에 산 저렴한 옷들은 대부분 물 빠짐이 심하기 때문에 따로 골라 손세탁을 해줘야 했다. 옛날에는 빨래 분리 작업을 깜빡해 자주 옷을 버렸는데 그 때문에 수건이나 티셔츠는 자주 얼룩덜룩했다. 오늘은 인도 뉴델리에서 산 파란색 코끼리 바지를 빨아야 한다. 세면대에 바지를 쑤셔 넣고 꾹꾹 누르자 조그만 세면대에 파란색 인도가 꽉 찼다.

노동을 끝내니 배가 고팠다. 아침은 빵으로 대충 먹었는데 스리랑카 빵들은 밀도가 낮고 푸석해 돌아서면 배가 고팠다. 점심 메뉴는 파스타로 정했다. 마침 어제 사둔 파스타면과 토마토소스가 있었다. 요리 준비하는 소리를 듣고 히란이 다가왔다.

"지아. 점심 만들어?"

"응. 나가기 귀찮아서."

히란은 마늘과 양파를 빌려줄 테니 스파게티를 약간만 나눠 달라고 말했다. 그는 커다란 주방을 가졌지만 요리는 잘 못 하는 것 같았다. 주방 이모가 삼시 세끼를 챙겨주지만, 그는 계속해서 뭔가를 먹거나 먹고 싶어 했다. 그러면서도 키가 크고 날씬했다. 제안은 바로 승낙했다. 마늘이랑 양파는 토마토 스파게티와 잘 어울리는 재료였고 무엇보다 이걸 핑계로 같이 밥을 먹을 수 있을 것이었다.

요리를 시작할 때에 맞춰 주방 이모님도 식사 준비를 시작했다. 히란과 매니저의 점심 식사를 차리는 것은 그녀의 업무 중 하나다. 가스레인지가 작았기 때문에 요리하는 동안 이모님과 손이나 발이 자주 닿았다. 이모님의 손은 겉으로는 거칠어 보였는데 막상 닿으니 엄청 부드러웠다. 그러면서 따뜻하기까지 했다. 여전히 주방 이모님은 나를 어려워했다. 그래도 조금 시간이 지났다고 이제는 웃기도 하고 먼저 말도 걸었다. 이모님의 말은 한국어도 영어도 아니지만 어쩐지 나는 알아들을 수 있었다. 내가 알아듣는다는 것을 이모님도 아는 것 같았다.

요리를 마치고 테이블에 앉았다. 히란은 커리 접시와 스파게티 접시를 양손에 하나씩 들고 씩 웃었다. 하얀색 이빨이 잇몸에 빼곡했다. 히란과 매니저는 각각 내 오른쪽과 맞은 편에 앉았고 이모님은 자리에 없었다.

"히란. 이모님은 어디 갔어?"

"응. 그분은 항상 혼자 식사해."

"왜?"

"나도 모르지."

히란은 어깻짓을 한번 하곤 밥을 먹었다. 매니저는 앉자마자 맨손으로 밥알을 뭉치기 시작했다. 두 사람은 이모님이 왜 밥을 함께 먹지 않는지에는 관심이 없는 것 같았다.

복도로 나가니 이모님이 세탁기 옆에 쭈그린 채 식사를 하고 있었다. 이모님의 작은 등은 세상을 동그랗게 짊어지고 있는 것 같았다. 슬쩍 다가가 함께 모여서 밥을 먹자고 손짓했다. 이모님은 손사래 쳤지만 그래도 팔을 잡고 일으키니 슬그머니 일어났다. 이모는 테이블의 가장 끝, 우리와 가장 먼 모서리에 간신히 걸터앉았다. 히란이 하이랑카를 오픈한 후 이모님과 함께 밥 먹는 건 오늘이 처음이라고 말했다. 나는 그녀가 혼자 밥 먹는 이유를 가만히 유추해보며 파스타를 먹었다. 떨어져 앉은 거리만큼 이모님은 우리와 조금 멀리 있는 사람 같았다.

맨손으로 밥 먹는 사람들 사이에 앉아 포크를 놀렸다. 커리에 고기를 넣지 않는 사람, 날림 쌀을 손으로 뭉칠 줄 아는 사람, 얼굴을 매일 보지만 밥만큼은 같이 먹지 않는 사람 사이에서 음식은 천천히 천천히 줄어들었다.

집주인의 고백

❖
❖

누와라엘리야에 온 지 보름이 지났다. 그동안 장도 보고 밥도 먹고 산책도 했지만 궁극적으로는 아무것도 안 했다. 아무것도 안 하는 건 편하지만 바쁘게 살아온 관성 때문에 가끔은 내가 내 눈치를 본다. 일종의 죄책감이다.

그래도 오늘은 할 일이 있었다. 신문사에 보내야 할 원고가 남아있다. 방에서는 와이파이가 느렸기 때문에 노트북을 챙겨 거실로 나왔다. 반짝이는 노트북과 날렵한 무선 마우스를 목격한 히란이 슬금슬금 다가왔다. 나는 앉고 그는 서 있었기 때문에 오늘따라 히란은 훌쩍 커 보였다. 그에게서 옅은 담배 냄새가 났다. 히란은 팔걸이에 걸터앉아 자음과 모음이 조합되는 과정을 가만히 구경했다. 한국어는 글자도 참 예쁘다고 히란이 말했다. 나도 그렇게 생각한다.

히란은 일본에서 5년간 일한 적이 있다. 그리고 일본을 좋아하는 만큼 한국도 좋아했다. 숙소에 왔던 첫날부터 신라면이 먹고 싶다고 아이처럼 웃던 히란의 얼굴을 나는 기억한다. 그가 먹어봤다던 한국 음식도 제법 많았고, '안녕하세요', '잘 자요', '반가워' 정도의 한국말도 거뜬히 했다. 그는 아시아 소설에도 관심이 많았는데, 읽어본 적은 없더라도 유명한 작가 몇몇은 댈 줄 알았다. 대부분 일본 작가였고 인도 쪽 작가도 있었다. 내가 한국에는 아는 작가가 없느냐고 물으니 그는 빙글 웃으며 '너' 했다. 히란의 타고난 센스에 나는 자주 감탄한다. 살면서 그를 이만큼 살찌운 건 아마도 순간순간 발휘되는 순발력과 재치가 아니었을까. 워드 파일에 빼곡히 채워지는 문장들을 보며 그는 언젠가 한글 자모음을 제대로 배워보고 싶다고 말했다.

"히란, 너는 왜 일본에 갔었어?"

우리는 서로를 모르지 않는 만큼만 알았기 때문에 나는 궁금한 게 많았다. 회계사였던 히란은 왜 그 먼 나라까지 가야 했을까. 그는 돈 때문에 일본에 갈 수밖에 없었다고 대답했다. 이혼 후 아내에게 대부분의 재산을 주었고, 빈털터리가 된 채 오갈 곳 없어졌을 때 한 일본인을 만나 함께 도쿄로 갔다고. 히란이 이혼했다는 이야기를 듣고 조금 놀랐다. 애초에 결혼한 줄도 몰랐다. 나는 히란을 알지만 몰랐기 때문에 그가 고백하듯 꺼낸 말에 자주 놀랐다.

"다 지난 일이지만, 그때는 정말 힘들었어."

쫓기듯 일본으로 출국했던 그 순간을 히란은 '다시는 떠올리고 싶지 않은 시간'이라 표현했다. 그러면서도 내가 더 묻지 않은 지난 이야기를 계속 이어나갔다. 히란의 이야기는 오래된 과거 어느 지점에서부터 시작되었다.

히란은 스리랑카 '번다르엘라'에서 태어났다. 평범하게 자라 평범한 학교를 졸업했고 운 좋게 젊은 나이에 회계사 사무실에 취직했다. 일은 힘들었지만 돈을 벌었기 때문에 그는 열심히 했다. 회사에 히란보다 어린 남자는 없었기 때문에 그는 막내 오브 막내였다. 돈도 없고 든든한 배경도 없던 히란은 시키는 대로 일하고 시키지 않는 일도 했다.

사무실에는 예쁜 여직원이 하나 있었다. 여직원은 어마어마하게 예뻤기 때문에 남자 직원들의 관심을 독차지했다. 히란 역시 그 여직원을 좋아했지만 섣불리 고백할 수 없었다. 히란은 어렸고, 자신감도 돈도 가진 게 없었다.

어느 날, 회사에 질 나쁘기로 소문난 남자 하나가 그녀에게 본격적으로 추근거리기 시작했다. 그녀는 부담스러웠지만 그는 회사 상사였고 메인 회계사였기 때문에 단호하게 거절할 수 없었다. 무슨 문제라도 생기면 사무보조인 본인은 높은 확률로 잘릴 것이었다. 여자는 싫었지만 어쩌지 못하고 괴로운 회사 생활을 이어나갔다. 어느 날 저녁, 그녀는 야근을 하고 늦게 귀가하던 히란을 우연히 만났다. 히란은 그녀와 나이 차가 제일 적게 나던 직원이었다. 그녀는 히란에게 많은 이야기를 하며 서글프게 울었다. 히란은 왠지 웃음이 나오려는 걸 억지로 참으며 그녀를 달랬다. 히란 인생에 찾아온 첫 번째 기회였다.

"그래서. 그걸 계기로 호로록 사귀셨나?"

"당연하지. 그 기회를 못 잡으면 그게 남자야?"

"참나. 아무튼, 그분이 전 부인?"

"맞아."

두 사람은 그날을 기점으로 급속도로 가까워지다 자연스레 연인으로 발전했다. 회사에는 밝힐 수 없었다. 스리랑카는 보수적이었고 공개 연애 이력이 있는 여자는 부정하다고 손가락질을 받았다. 히란은 회사 안과 밖에서 비밀스럽게 연애를 이어갔다. 아슬아슬했지만 몰래 하는 사랑은 짜릿했다.

어느 날 스리랑카에 큰 이슈가 생겼다. 실력 좋기로 유명한 영화감독이 새로 들어갈 작품의 여주인공을 일반인 중에 뽑겠다고 공표했다. 여주인공은 매스컴을 탄 적 없는 완벽한 뉴페이스여야 하며 어려야 했고, 반드시 예뻐야 했다. 그녀는 오디션에 참가하고 싶었지만 용기가 없었다. 어리고 예쁘긴 했지만 카메라 앞에는 한 번도 서본 적 없는 숙맥이었다. 그녀는 모르는 사람 앞에서 연기할 자신이 없었다. 이때 히란이 그녀를 응원했다. 부모도 반대했던 일을 응원해준 유일한 사람이었다. 히란은 그녀와 함께 원서를 썼고 이후 몇 차례에 걸쳐 진행된 모든 오디션에 동행했다. 히란은 낮에는 회계일을 했고 저녁에는 그녀의 연기 연습을 도왔다. 피곤했지만 그녀가 행복해하니 힘든 줄도 몰랐다. 오디션은 몇 개월에 걸쳐 계속됐고 반년 후 평범한 시골 처녀였던 그녀는 천문학적인 경쟁률을 뚫고 새 영화의 여주인공으로 발탁됐다. 스리랑카 역사상 가장 파격적인 캐스팅이었다. 영화는 대성공을 거두었고 그녀는 일약 스타덤에 올랐다. 전국 어디를 가든 그녀를 모르는 사람이 없었다. 티비, 라디오, 모든 매체에 그녀가 등장했다. 그녀는 사무실 보조 직원에서 하루아침에 스리랑카를 휘두르는 여배우가 되었고 히란은 그녀 옆에서 같이 기뻐했다.

하지만 행복은 오래가지 못했다. 그녀는 사람들의 시선에서 자유롭지 못했고 때문에 비밀리에 감춰왔던 히란과의 관계도 탄로 나고 말았다. 차기작을 채 고르기도 전의 일이었다. 온 매스컴에 히란과 그녀의 사진이 대문짝만 하게 도배됐다. 언론에서는 히란이 재벌 2세다, 젊은 사업가다, 스폰서다 멋대로 떠들기 시작했고, 사람들은 그녀를 결혼도 하기 전에 남자와 밤늦게 데이트를 즐긴 부정한 여자로 내몰았다. 히란의 사무실에도 기자들이 들이닥쳤다. 히란은 그녀와 공식적인 연인 관계라고 말했지만, 언론이 듣고 싶어 하는 대답은 그게 아니었다. 사람들은 자극적인 것을 원했다. 대중은 그녀가 갑자기 스타가 된 데엔 분명 이유가 있을 거라 추측했고, 소문의 배후에는 어김없이 의문의 남자 히란이 있었다. 결국 두 사람은 루머를 잠재우기 위해 결혼을 강행했다. 부부의 연을 맺기엔 일렀지만, 그것만이 그녀를 더러운 추문에서 벗어나게 할 유일한 방법이었다.

급하게 한 결혼이었지만 그래도 두 사람은 행복했다. 예쁜 딸아이도 생겼고, 작지만 콜롬보에 두 사람만의 집도 생겼다. 하지만 배우로서 행복을 유지하기는 힘들었다. 그녀는 차기작 흥행에 줄줄이 실패했고 일각에서는 그녀가 결혼을 하며 더 이상 스폰을 받지 못했기 때문에 영화가 실패한 것이라고 억측했다. 여전히 사람들은 그녀를 데뷔시킨 대국민 오디션에 검은 배후가 있었을 것이라 믿었다. 루머로부터 탈출하기 위해 결혼했지만 한번 무너진 이미지는 쉽게 돌아오지 않았다. 히란의 그늘에 갇힌 것 같은 기분이 들 때마다 그녀는 계속 절망했다.

두 사람의 언쟁은 잦아졌다. 그녀는 가정도 아이도 자기 자신도 돌보지 않았다. 배우가 아닌 다른 일을 해보려고 했지만 전국에 얼굴이 알려져 할 수 있는 게 없었다. 그건 히란도 마찬가지였다. 두 사람은 자주 크게 다투었다. 아무에게도 잘못이 없지만 각자 서로를 탓했다. 탓하는 것만이 유일하게 할 수 있는 위로처럼 느껴졌다. 그들은 마음의 병을 얻었고, 그 사이에 태어난 아이 역시 함께 불행했다. 지옥 같은 하루하루가 이어졌다. 끝이 뻔히 보이는 길 위에서 그녀와 히란은 오래 방황했다.

"뭐, 이런 이유로 이혼을 하게 된 거지."

"대단했네, 너네 나라 언론도. 그래서, 지금은 좀 괜찮고?"

"그럼 괜찮지. 그때가 언젠데."

"언젠데?"

"이십 년 전."

크게 놀랐다. 이십 년 전이라니. 그러면 히란이 지금 몇 살이란 말이지?

"잠깐 히란. 너 나이가 어떻게 되니?"

"마흔일곱."

"뭐!"

30대 초반의 얼굴을 가진 히란은 씩 웃었다. 또래인 줄 알았는데 띠동갑이 넘다니. 역시 오리엔탈 블러드 파워 최고! 그는 "우리 랑칸들이 좀 젊게 살지." 하며 어깨를 으쓱했다. 어깨를 까딱 올리는 건 그만의 습관인 것 같았다. 좋을 때도 나쁠 때도 그랬다.

이혼 직후 그녀는 영국으로 떠났다. 딸아이는 그녀가 키우기로 했다. 히란은 양육비 명목으로 재산의 대부분을 그녀에게 주었고, 그녀는 타국으로 떠난 뒤 단 한 번도 고향으로 돌아오지 않았다. 히란은 이혼 후 크게 방황하다 다른 회사에 취직했지만 얼마 지나지 않아 회사가 도산하면서 다시 빈털터리가 되었다. 되는 일이 하나도 없는 것 같았다. 신은 정말 나를 버린 것일까, 삶의 나락으로 떨어졌다고 생각했을 때 히란은 한 일본인 사업가를 만났고 돈을 많이 벌 수 있다는 한 마디에 함께 도쿄로 건너갔다. 그의 인생에 찾아온 두 번째 기회였다.

일본에서의 삶은 쉽지 않았다. 그래도 히란은 열심히 일하고 부지런히 배웠다. 돈 없고 말 못 하는 낯선 인종을 품을 만큼 일본 사회는 자애롭지 못했고, 그 사이에서 살아남기 위해 히란은 최선을 다했다. 힘들었지만 고생한 만큼 소득이 있었다. 그는 일본어를 빠르게 익혔고 회계사로서 정말로 많은 돈을 벌었다. 능력을 인정받는 것도 행복했지만 그보다 더 좋았던 건 노력하는 족족 돈으로 보상받는 기쁨이었다. 스리랑카에서는 한 달을 꼬박 일해도 30만 원을 겨우 벌었지만, 일본에서는 그보다 적게 일해도 몇 배를 벌었다. 말도 트이고 돈도 모이자 몇 년 후에는 일본인 친구들도 생겼다. 히란은 그들과 맛있는 것도 사 먹고 근교로 여행도 다니며 도쿄 라이프를 즐겼다. 한국 사람을 접해본 것도, 한국 음식을 알게 된 것도 모두 도쿄에서였다. 히란은 일생일대의 위기를 노동의 기쁨과 돈 버는 재미로 이겨냈다. 그의 가치를 알아봐 주는 일본인들 속에서 히란은 실력도 키웠고 통장도 불렸다. 도톰해지는 지갑만큼 가슴에도 새 살이 돋았고, 그렇게 5년 후 히란은 비로소 스리랑카로 돌아올 준비를 마쳤다.

"돈 버는 게 그렇게 재미있는 줄 몰랐잖아. 덕분에 지금은 새 가정도 꾸렸고 말야."

히란은 돈이 인생의 전부는 아니지만 밑바닥에서 자신을 건져 올린 건 결국 돈이었다고 했다. 돈을 벌 수 있는 재능과 기회가 자신에게 있었던 게 얼마나 다행인지 모른다고도 말했다.

나는 돈 얘기 말고도 묻고 싶은 게 많았지만 그만두었다. 서사의 주인공이 이야기의 끝을 이렇게 마무리하고 싶어 하는 것 같아서. 이런 사적인 이야기를 왜 나한테 들려준지는 모르겠으나, 그래서 무슨 말을 듣고 싶은 건지도 알 수 없으나 어쨌거나 나는 들어서 좋았고 그는 말해서 좋았다.

히란이 내 어깨를 톡 치며 자리에서 일어났다.

"그러니까 열심히 써. 돈 벌 재능이 있을 때. 나는 그럼 이만."

나는 그가 앉아 있던 자리를 물끄러미 내려다봤다. 히란의 과거와 대과거가 소파 위의 엉덩이 자국처럼 가슴에 동그랗게 남았다. 나는 칼럼이 쓰여지다 만 모니터를 가만히 쳐다보았다. 그러다 파일을 끄고 메모장을 켜 써도 그만 안 써도 그만인 이 글을 써 내려갔다. 왠지 꼭 기록해두고 싶은 이야기였다. (*해당 이야기는 본인의 동의 하에 작성되었습니다)

고기가 없다고요

　내내 닭고기나 계란만 먹었더니 입에서 닭똥 냄새가 나는 것 같다. 쌈장 찍은 삼겹살이나 고추장에 볶은 곱창, 소금장 콕 찍은 소고기 한 점이 절실해 죽겠다. 쫀득한 쌀밥이랑 된장찌개도 있으면 좋을 텐데. 하다못해 스팸 한 조각이라도 먹을 수 있었으면. 오늘은 아무리 생각해봐도 고기를 참을 수 없을 것 같다.

　히란에게 타운에서 소고기와 돼지고기를 살 수 있는 곳이 어딘지 물었다. 그는 "진심이야?"라고 말했다. 매니저는 불교 신자고 주방 이모는 힌두교도였다.

　"사 온다고 해도 요리를 할 수 있겠어?"

　나는 일단 사 오고 나서 이야기하자고, 어딘지나 알려달라고 했다. 그는 잠깐 고민하더니 다이어리 귀퉁이를 찢어 신할리로 몇 자를 적었다.

　"뚝뚝을 타고 이리로 가달라고 하면 돼. 사람들 눈에 띄지 않게 봉투에 잘 담아 달라고 하고."

　쪽지를 네 조각으로 접어 지갑에 챙겼다. 그가 너무 은밀한 목소리로 말했기 때문에 왠지 도둑질을 하는 기분이 되었다.

뚝뚝 기사는 종이를 보더니 내게 어느 나라에서 왔느냐고 물었다. 일본이라고 할까 잠깐 고민했다. 그는 뭐라 중얼거리더니 운전대를 잡았다. 히란이 알려준 고기 마트는 타운 반대편에 있었다. 중앙에서 약간 외진 곳. 거기서도 약간 골목 쪽으로 난 은밀한 곳에. 현지어로 간판이 내걸린 작은 가게 앞에서 뚝뚝은 멈췄다.

"뭐 사려고?"

쇼케이스 안에는 여러 고기가 뭉텅이로 진열되어 있었는데 아무리 봐도 소고기처럼 보이지는 않았다. 조금 김이 샜다.

"돼지고기나 소고기 있어요?"

"소고기는 없고 돼지고기랑 닭고기는 있지."

점원은 '비프'를 발음하며 피식 웃었다.

웃지 마. 나도 알아.

돼지고기를 살지 소시지를 살지 고민하다가 둘 다 달라고 했다. 공용 냉장고에 넣어둬야 하는데 이모한테 걸리지 않을 수 있을까. 어떻게 하면 조금 덜 무례한 인간이 될 수 있을까 고민하는 사이에 주문한 소시지가 검은 봉투 안에 담기고 있었다.

"돼지고기는 어떻게? 썰어줄까?"

"당연하죠."

나는 얇고 작게 썰어달라고 말했다. 적당한 비계와 살점. 소금과 참기름이 있으니 팬에 구우면 대충 삼겹살 맛이 날 것이었다. 테라스에서 바람을 쐬며 삼겹살 먹을 생각을 하니 갑자기 온몸에 힘이 돌았다. 얼른 썰어주세요, 얼른. 점원은 주문대로 고기를 열심히 썰었다. 이 과정을 내가 지켜봤었어야만 했다는 사실은 숙소에 돌아오고 나서야 알았다. 돼지고기는 정육각형 주사위 모양으로 반듯이 썰려있었다. '얇고 작게'의 기준이 서로 달랐던 것이다.

젠장!

나는 이모 몰래 칼과 도마를 복도로 가져가 고기 한 덩이를 다시 삼분의 일로 잘랐다. 이 과정에서 매니저가 뒤편으로 지나갔는데 못 본 건지 보고도 못 본 척 한 건지는 모를 일이었다.

스리랑카 돼지고기는 삼겹살보다 비계가 적었지만 막상 구워보니 모양도 냄새도 그럴듯했다. 히란은 이모와 매니저에게 상의할 것이 있는 척 두 사람을 잡아두었다. 그러는 동안 히란과 나는 한 팀이 된 것 같았다. 고기를 속까지 굽고, 소금과 후추와 참기름을 섞은 종지를 들고 2층으로 올라가자 히란이 쫄래쫄래 따라왔다.

"여기서 돼지고기 구워 먹는 인간은 니가 처음이야."

히란은 손으로 고기를 집어 먹으며 우물우물 말했다. 나도 뭘 이렇게까지 몰래 먹어본 적은 처음이야. 가톨릭 신자인 우리는 성호를 긋는 것도 잊고 한 접시 가득 담아온 고기를 와구와구 먹어치웠다. 밥도 쌈장도 된장찌개도 없었지만 몇 달 만에 먹은 돼지고기는 너무 맛있었다. '너무'라는 부사를 좋아하지는 않지만 이런 표현 말고는 방법이 없을 만큼 좋은 저녁이었다.

"내일은 소시지 구워줄게."

"오예!"

낡은 나무 의자에 기대앉아 오늘의 마지막 담배를 피웠다.

"히란 네가 고기를 먹을 수 있어서 참 좋아."

"나도 니가 불량한 여행자라 참 좋아."

고기 마트가 있어 얼마나 다행인지. 낯선 냄새가 진동할 텐데 끝까지 2층으로 올라와 보지 않는 눈치 빠른 이모와 매니저가 있어 얼마나 다행인지. 하이랑카는 참 다행인 것투성이였다.

사랑한다 말할 수 없던 그때

⬩
⬩

2층 테라스는 하이랑카에서 가장 좋아하는 장소다. 빨래 건조대와 의자와 화분이 있고, 산 아래가 훤히 내려다 보여 문을 열 때마다 숨이 확 트였다. 누와라엘리야에는 자주 비가 내렸기 때문에 이모는 빨래를 걷으러 하루에도 몇 번이나 2층으로 뛰어 올라왔다. 손님들이 널어놓은 옷가지는 이모의 관심과 체력을 먹고 무럭무럭 말랐다.

비가 오지 않을 때는 테라스에 앉아 시간을 보낸다. 나무 의자에 양반다리를 하고 앉아 노트북도 하고 간식도 먹고 히란이랑 이야기도 한다. 히란은 담배를 피우고 싶을 때마다 2층 테라스로 올라온다. 담배를 태우는 히란 옆에서 나는 일을 하거나 아니면 아무것도 하지 않으면서 그의 이야기를 듣는다. 히란이 해주는 이야기는 재미있다. 이야기의 주인공은 대부분 히란 자신이기 때문에 어떤 이야기라도 나는 쉽게 상상할 수 있다.

누군가 2층으로 올라왔다. 히란인 줄 알고 돌아봤는데 처음 보는 손님들이었다. 키가 조금 큰 여자와 키가 엄청 큰 여자. 유럽 출신 같았다. 여자들은 테라스 창틀에 가려진 나를 발견하지 못하고 저들끼리 떠들기 시작했다. 어느 나라 사람일까? 억양에 높낮이가 있고 입 안에서 바람 소리가 많이 나는 걸로 봐선 왠지 프랑스가 유력했다.

그러다 두 여자가 키스를 하기 시작했다. 나는 그대로 굳었다. 나무 의자는 조금만 움직여도 삐거덕 소리가 났기 때문에 나는 허리를 세우지도 눕히지도 못한 채 어정쩡한 자세로 숨을 죽였다. 아 젠장, 이제 와서 있는 척할 수도 없고. 억지로 멈춘 배와 다리와 목 근육이 뻐근하다고 소리를 질렀다. 안 보는 건 할 수 있지만 안 듣는 건 어려웠다. 살과 살이 부딪히는 소리는 축축하면서도 야했는데 큰 소리가 아님에도 어쩐지 창문을 뚫고 테라스까지 들려왔다. 셋이 있지만 둘만 있는 로비에서, 둘은 오래오래 키스를 나눴다. 처음으로 타인의 사랑을 목격한 순간이기도 했다.

살면서 첫사랑에 대한 이야기를 할 기회는 의외로 많았다. 강연을 들으러 온 청중에게, 친구에게, 지난 연인들에게 나는 첫사랑에 대한 이야기를 한 적이 있다. 듣는 사람이 누구냐에 따라 첫사랑 대상은 자주 바뀌었다. 어떨 때는 초등학교 4학년 때 짝꿍이라고 했다가, 어떨 때는 중학생 때 6개월 사귄 남자친구라고 했다가, 고등학생 때 좋아했던 성당 오빠라고 할 때도 있다. 민망한 상황을 피하고 싶을수록 대과거적 이야기를 한다. 초딩 때 풋사랑 썰을 풀면 청중은 실망했지만, 연인들은 높은 확률로 안심했다. 누군가의 과거란 오래된 것일수록 안전하다. 소녀적 이야기에 발끈할 남자는 거의 없고 현재와 시간적 거리가 멀수록 싸울 일도 줄어든다. 너무 오래된 이야기는 그래서 좋다. 말하는 이에게도 듣는 이에게도 무해하니까. 마지막 사랑에 대한 질문보다 첫사랑에 대한 질문이 훨씬 덜 무례해 보이는 이유도 여기에 있을 것이다.

첫사랑의 상대는 자주 바뀌었지만 그 무엇도 거짓말은 아니다. 그들은 정말로 나의 첫사랑들이 맞다. 나는 11살 때 어떤 남자애를 좋아했고, 14살 때 옆 학교 남학생을 사귄 적이 있으며, 17살 때는 성당 오빠를 짝사랑했다. 모두 사실이지만 언제가 '처음'이고 누구를 정말로 '사랑'했는지 알 수 없을 뿐이다. 그건 사랑이란 정의가 모호하기 때문이리라. 나는 스타트를 어디서부터 끊어야 할지 자주 헷갈린다. 합의하에 시작된 교제가 처음인 건지, 짝사랑까지 포함인지, 아니면 성인 때부터 카운팅하는 게 맞는 건지. 그래서 나는 첫사랑 상대 1호와 2호와 3호를 정해놓고 상황에 따라 돌아가며 레퍼토리를 꺼낸다. 1, 2, 3호 모두 언제 어디서든, 상대가 누구든 편히 이야기할 수 있다.
남들에게 말할 수 없을 만한 사람까지 포함시킨다면 이야기가 조금 달라진다. 그러면 여기에 첫사랑 4호가 포함되는데 여기서는 편의상 '4호'라고 부르겠다.
나는 고등학교 2학년 때 같은 반 친구를 좋아한 적이 있다. 4호는 운동을 잘했다. 달리기도 잘하고 핸드볼도 잘하고 학교 담도 훌쩍훌쩍 넘었다. 나는 열과 성을 다해 4호를 좋아했다. 4호를 만나기 위해 토요일에도 야간자습을 했고, 단발머리가 더 예쁠 것 같다기에 머리도 잘랐다. 나는 4호의 반 번호가 20번이었다는 사실을 15년이 지난 지금까지도 명확히 기억한다. 행복이라는 단어를 사용할 수 있다면 기꺼이 그러고 싶을 정도로 나는 진심 어린 열여덟을 지나고 있었다.

우리는 번호순대로 앉았기 때문에 21번이었던 나는 한 해가 다 가도록 4호의 등을 보며 살았다. 내가 4호를 좋아하는 만큼 4호도 나를 좋아했다. 좋아한다고 말로 꺼낸 적은 없지만 알 수 있었다. 우리는 쉬는 시간마다 이어폰을 한쪽씩 나눠 끼고 음악을 들었다. 4호는 아이돌 연습생 제의를 받을 만큼 노래를 잘했는데 그래선지 틈만 나면 노래를 불렀다. 버즈나 SG워너비 같은 미디움 템포 가요가 시대를 평정하던 때였다. 그 애의 목소리는 정말 좋았기 때문에 나는 '가시', '바이 바이 바이', 시아준수와 장리인이 듀엣으로 부른 노래 같은 것들을 들으며 쉽게 잠에 빠지곤 했다. 낮고 부드러운 목소리를 듣고 있다 보면 어느새 종이 치고 하루가 갔다.

4호와 나는 손도 자주 잡았다. 복도를 걸을 때나 체육관으로 이동할 때, 1교시 시작 전 매점으로 뛰어갈 때, 손 잡는 친구는 4호 말고도 많았지만 4호와는 남들이 안 볼 때만 잡았기 때문에 비밀스런 기분이 되었다. 아무도 모르게 둘만 하는 것은 이것 말고도 많았다. 친구들 모르게 먹고, 듣고, 연락해 둘만 노는 것 같은…. 나는 4호가 있었기 때문에 학교 가는 게 너무너무 좋았다.

시간이 흘러 춘추복을 입을 계절이 왔다. 창가에 앉아 이어폰을 나눠 꽂고 음악을 듣던 쉬는 시간, 친구 하나가 모두가 들을 수 있을 만큼 큰 소리로 이렇게 말했다.

"야, 너네 사귀냐?"

나는 과장되게 펄쩍 뛰었다.

"뭔 그딴 소릴 하냐. 돌았어?"

가슴이 빠르게 뛰었다. 너무 창피하고 무례한 질문이라고 생각했다.

지금은 이유를 알지만, 그때는 몰랐기 때문에 나는 4호가 섭섭해할 정도로 강하게 부인했다. 나는 우리가 사귄다고 생각해본 적이 없다. 같이 있으면 좋고, 뭔가를 나누면 기쁜, 우리는 그냥 그런 사이였다. 4호와 사귄다는 건 열여덟이 감당하기에는 너무 큰 의미를 가졌다. 우리는 둘 다 여자였으니까. 나는 절대 그럴 리 없다고 한 번 더 소리쳤다. '절대'라는 말에 4호의 얼굴이 어떻게 변하는지 목격하면서도 나는 그랬다.

이 일 이후 나는 주문을 걸었다. 우리는 친구다. 4호랑 나는 친구다. 하지만 아니라고 생각할수록 4호는 자꾸 다른 방향으로 머릿속을 어지럽혔다. 침 삼키는 것도 한 번 의식하면 절대 몰래 할 수 없다더니, 감정의 색에 대해 고민하기 시작하니 온 일상이 흔들렸다. 하나하나 의미를 붙이기 시작하니 4호가 전처럼 편하지 않았고, 무엇보다 주변의 눈치를 보게 됐다. 이상해 보이지 않겠지, 이 정도는 괜찮겠지, 또 누가 쳐다보고 있는 건 아니겠지.

4호는 평소 모습 그대로였다. 여전히 무반주로 노래를 불러줬고, 가수가 되고 싶다는 꿈을 말했고, 성적과 대학에 대한 이야기를 했다. 그 애는 여전히 예뻤고 운동도 잘하고 나에게 잘해줬다. 아무것도 변하지 않은 그 애가 두렵지만 그럼과 동시에 나는 안도했다. 너는 변함이 없구나. 항상 이 자리에 있는 사람이구나. 나는 우리가 함께할 겨울이 얼마 남지 않았다는 사실을 몰랐다. 내가 눈치를 보느라 남은 에너지를 소진하는 동안 우리가 더 이상 20번과 21번일 수 없는, 열아홉이 다가오고 있었다.

그 애와 나는 고등학교 3학년이 되자마자 사귄 적도 없이 헤어졌다. 그 애가 갑자기 나를 외면하기 시작했다. 나만 보면 피했고 전화나 문자에도 답하지 않았다. 그 애를 만나기 위해 여러 날 옆 반을 찾아갔지만 단 한 번도 응해주지 않았다. 그 반 애들은 이제 나를 걱정하면서도 귀찮아했다. 마음은 알겠지만 이제는 그만 찾아오라고 말하는 친구도 있었다. 내 마음이 어떤지도 모르면서 참 쉽게들 안다고 말했다. 이런 날들이 지나가는 동안 나는 자주 울었다. 가슴이 쥐어짜이는 것 같았다. 마음 한켠이 서늘했다가 뜨거운 바람이 불었다가를 반복했다. 감정이 스르륵 밀려왔다가 훅 사라질 때의 그 공허를 견딜 수 없었다. 뒤켠으로 떠밀린 사람의 마음이란 이런 것이구나. 이 정도로 마음이 아픈데 어떻게 육신이 멀쩡할 수 있는지 신기했다. 우리는 사귀었던 걸까, 사귀지 않았던 걸까? 만일 그때, 내가 그 정도로 심하게 부인하지만 않았다면 우리는 조금 다른 관계가 되었을까? 사귄다는 건 대체 뭘까? 우리가 나누었던 건 과연 사랑이었을까? 그런 걸 사랑이라고 하는 걸까?

대한민국의 고3은 아주 바빴기 때문에 우리는 금방 성인이 되었고, 서로를 잊었고, 이후로도 나는 여러 종류의 사랑을 경험했지만 어느 것이 처음이고 진짜 사랑인지, 사랑이란 구체적으로 어떤 모양인지 아직도 정확히 알지 못한다. 만일 첫사랑에 이뤄지지 않은 사랑도 포함시킨다면, 애매모호한 결말도 괜찮다면, 아무것도 아닌 상태의 마지막도 괜찮다면, 그렇다면 나는 조금 다른 대답을 할 수 있을까? 아직도 첫사랑이라는 단어만 들으면 나는 열여덟의 그 가을로 되돌아간다. 그리고 여러 번 상상해본다. '절대'라는 단어를 절대 사용하지 않는 나를. 아니라고 말하며 화내지 않는 나를. 장난스레 되받아치거나 용기 있게 고개를 끄덕이는 나를.

계단을 걸어 1층으로 내려왔다. 히란이 숙박비를 정산하다가 까딱 눈인사했다. 그를 지나쳐 주방으로 향했다. 주방과 이어진 별관은 오늘도 여전히 소란스럽다. 냉장고 문을 열고 우유를 꺼내고, 시리얼을 올려 열심히 말아먹고, 마트에 가기 위해 타운으로 갈 채비를 했다. 매일 장을 보는데도 식재료는 금방 떨어졌다. 오늘은 고기 마트에 들러 소시지를 좀 사야겠다. 계란과 토마토와 함께 구워 먹으면 정말 맛있을 것 같았다. 장바구니와 지갑을 챙기는 등 뒤로 두 여자가 지나갔다. 입에서 바람 소리가 나는 여자들. 사랑이 어떤 건지 아는 용기 있는 그들은 히란에게 인사를 한 뒤 현관을 나섰다. 격자무늬 불투명한 창문 너머로 두 사람의 모습이 보이다 말다가 보이다 말다가 이내 사라졌다.

땀 흘리는 도시

나는 이곳에 살아보기로 했다

∶
∶

아침에 1층으로 내려갔는데 히란이 물었다.

"지아, 혹시 언제쯤 떠날 예정이야?"

테이블 위에 숙박자 명단이 놓여있었다. 떠나갈 자와 남을 자들, 그리고 새로 올 사람들의 이름이 엑셀 파일 위에 테트리스처럼 가득 차 있었다. 그중 한 줄로 쭉 그어진 것이 201호, 내 방이다. 하이랑카에서 제일 따뜻한 방. 뜨거운 물이 잘 나오고, 풍경도 좋고, 작업하기 편한 테이블도 있는 방. 하이랑카 테트리스는 201호를 기준으로 아래와 위로 갈라졌다.

히란의 질문 덕분에 내가 실은 여행자였다는 사실을 깨달았다. 여행을 너무 일상처럼 보냈나? 언젠가 떠나기는 하겠지만 지금은 아닌 마음이었다. 그동안 히란이 한 번도 떠날 날을 묻지 않은 것도 한몫했다. 그래선지 그가 체크아웃 날짜를 물었을 때 왠지 체온이 조금 낮아지는 기분이었다. 히란이 조금 미안하다는 듯한 표정으로 말하지 않았다면 진심으로 서운했을 뻔했다. 여기서 서운하다는 감정이 적절한지는 잘 모르겠지만, 아무튼 말이다.

며칠 후 유럽 출신 부부가 하이랑카로 올 거라고 그가 설명했다. 부부는 누와라엘리야에 열흘간 머물 예정이며 비싸도 괜찮으니 모든 일정을 하이랑카에서 보내고 싶다고 메일을 보내왔다. 두 사람에게 적절한 방은 201호뿐이었고, 히란은 그들의 메일에 답신을 해야 했다. 내 대답에 따라 메일에 적힐 내용도 달라질 것이다. 나는 어디로, 언제 떠날지 아무것도 몰랐다. 그보다 떠나고 싶은 마음이 아직은 들지 않았다. 나는 조금만 시간을 달라고 했다. 몇 시간만. 내가 빨리 떠나주거나 오래 머물러야 할 텐데 어느 쪽도 결정이 어려웠다. 아무 생각 없이 그냥 '있기만' 하다가 갑자기 떠밀리는 기분이었다. 내 뒤에 누군가 줄 서 있는 느낌. 그건 생각보다 너무 별로였다.

2층으로 올라왔다. 내일 당장 떠날지도 모른다고 생각하니 익숙했던 방도 조금 다르게 보였다. 원래 내 방도 아닌데 왜 눈물이 날 것 같은지. 언젠가는 떠날 사람이면서 왜 우울해지는 건지. 쫓겨나는 기분이 된 채로 나는 카메라와 배터리를 챙겼다. 일단 좀 걷는 게 좋을 것 같았다. 아직 떠난 것도 아닌데 미리부터 울적했다.

몸의 중요한 부분이 고장 난 사람처럼 걸었다. 아는 길이라곤 큰길 뿐이라 타운쪽으로 타박타박 내려갔다. 오래된 가옥, 아무렇게나 핀 들꽃, 한국에서는 볼 못 스리랑카어가 적힌 간판들. 너무 익숙하지만 이제 못 볼지도 모르는 것들. 그러다 애초에 스리랑카에 오래 머물 생각이 없었다는 사실을 떠올렸다. 콜롬보행 비행기를 탈 때도, 동행과 시기리야를 오를 때도 어차피 여긴 잠깐 있다 떠날 나라라고 생각하지 않았던가. 하이랑카에 정서를 기대는 동안 시간이 너무 빨리 지나가 버렸다. 한 칸 한 칸 금방금방. 인도로 돌아가 남은 남인도 여행을 마저 하고 싶기도 했다. 그런데 계속 여기에 있고 싶기도 했다. 둘 중 어떤 마음이 더 클까? 새로운 글감을 생각하면 떠나는 게 맞을까? 여행하는 것과 그저 있는 것은 아무래도 다르니까. 어쨌든 새로운 걸 쓰려면 히란이 등 떠밀 때 못 이기는 척 흘러가는 게 나을지도 몰랐다.

평소보다 느린 속도로 왼발과 오른발을 번갈아 디뎠다. 슬리퍼 뒤축이 탈탈 모래 바닥을 쓸었다. 느리게 내리막을 걷는데 누가 허리춤을 톡톡 쳤다. 등 뒤에 작고 새까만 남자애가 서 있었다. 아이의 눈은 미라처럼 컸고 쌍꺼풀 선이 굵었다. 낡고 더러운 옷을 입은 아이는 뭔가 할 말이 있는 표정으로 나를 물끄러미 쳐다보았다. 보통 이런 경우 상대가 원하는 건 돈이다. 남은 동전이 있었던가 생각하며 물었다.

"왜?"

아이는 대답 대신 손가락을 들어 카메라를 가리켰다.

"포토?"

그는 고개를 끄덕이며 기어들어가는 목소리로 말했다.

"원 포토, 플리즈"

사진이라 다행이었다. 구걸하는 이의 시선을 견디는 건 언제나 불편하니까. 얼마나 줄려나, 지폐를 꺼낼까 동전을 꺼낼까 궁금해하는 눈빛은 언제나 **손이 따끔할 정도로 부담스러우니까**. 눈 큰 소년에게 치사한 **마음이 들지 않아도** 되는 건 이 어지러운 마음에 조금 도움이 되었다.

"사진만 찍어주면 돼?"

아이는 고개를 끄덕였다. 히- 웃는 아이의 몸에서 땀 냄새가 났다. 참 어린아이다운 냄새라고 생각했다.

렌즈를 올려 찍을 준비를 하자 아이가 두 발짝 떨어진 곳에서 어색하게 웃었다. 서남아시아 아이들은 항상 먼저 찍어달라 해놓고 막상 렌즈 앞에서는 웃는 법을 잊은 사람처럼 웃는다. 그래서 여러 번 고쳐 찍어야 겨우 나쁘지 않은 한 장을 건진다. 이 아이도 마찬가지다. 아까처럼만 활짝 웃으면 참 좋으련만. 그래도 아이는 찍힌 사진을 보더니 너무 좋아 몸을 꼬았다.

카메라에 찍혀보는 것 자체가 귀한 경험일 수 있다는 걸 안 지는 몇 년 안 됐다. 세상에는 내 머리로는 이해되지 않는 많은 것들이 많았고, 여행은 삶의 가치 기준을 나에서 너로, 그로, 또는 그녀나 그들로 옮기는 법을 가르쳤다. 내 울타리 안에서 눈 큰 소년은 웃었다.

한 가지 문제가 생겼다. 사진 찍는 걸 보고 동네 아이들이 몰려들었다. 여자아이 남자아이, 그들의 동생과 그 동생의 동생들이 달려왔다. 동네가 작다 보니 모이는 속도가 어마하게 빨랐다. 아이들이 모일수록 시끄러워졌고 소란해질수록 인원이 불었다. 나는 셔터를 한 번 누를 때마다 찍힌 결과물을 보여줘야 했는데 나중엔 사람이 너무 많아져 찍기는커녕 가만히 서 있기도 힘들었다. 작은 아이들은 내 팔에 매달리거나 발을 마구 밟으며 기어올랐다. 발가락을 밟히니 너무 아팠다. 이러다간 넘어지거나 카메라를 떨어뜨릴지도 몰랐다.

"STOP!!"

나중에는 지나가던 어른들까지 달려들어 말렸는데도 소용이 없었다. 이런 젠장! 인파에 휘청이다 겨우 틈을 발견하곤 냅다 숙소 쪽으로 달렸다. 아이들이 소리를 지르며 쫓아왔다. 수십 개의 슬리퍼가 거리를 탈탈탈탈 털었다. 큰 아이들은 이미 나를 앞질렀지만 어쩐지 붙잡지는 않았다. 내 앞에서 헤헤거리는 아이들은 거의 나를 놀리고 있었다. 농락당하는 기분으로 계속 달리고 달렸다. 느러터진 외국인과 까맣고 시끄러운 아이들을 바라보던 동네 할머니들이 할할 웃었다. 슬리퍼가 경박한 소리를 내며 땅바닥을 딸딸 때렸고 숨이 너무 가빠 목구멍이 따갑게 쓸렸다.

하이랑카가 보이자 냅다 현관 안으로 몸을 틀었다. 가열차게 쫓아오던 아이들은 어쩐지 저택 마당 앞에서 약속이나 한 듯 멈췄다. 아주 어린 아이들이 쫓아 들어오려 해도 누나나 형이 엄한 표정으로 막아섰다. 아이들은 이미 가도 될 곳과 그러면 안 될 곳을 습득한 사람처럼 우두커니 저택 앞에서 멈췄다. 그리고 발이 멈춘 대신 소리를 높였다.

"원 포토! 플리즈!"

그중 몇몇 아이들은 울음을 터트렸다. 나는 잘못한 것도 없이 미안해졌다. 갑작스러운 소란에 히란이 입구로 달려 나왔다. 어른이 나타나자 아이들은 겁먹은 얼굴로 골목 사이사이로 흩어졌다. 아이들에게 그는 너무 크고 무서운 것 같았다.

"괜찮아 지아?"

"응 괜찮아."

히란의 부축을 받으며 안으로 들어서는데 뒤에서 깡마른 여자애 하나가 고개를 빼꼼히 내밀고 찢어지게 소리쳤다.

"마이 브라더 원 포토! 투모로우! 투모로우!"

아이의 옆에는 제 누나보다 훨씬 마른 남자애가 엉엉 울고 있었다. 투모로우, 내일, 내일이라. 귀에 콕 박히는 말이었다. 떠나는 게 숙명인 나에게는 당연히 쓸쓸한 말이었다. 나와 히란이 집안으로 사라질 때까지 아이들은 계속 그 자리에 있었다.

소파에 앉아 쉬고 있는데 히란이 할 말이 있다며 다가왔다. 딸기 토스트를 만들어 먹는 유럽인들 때문에 주방이 시끌시끌했다. 나는 히란이 건넨 찻잔을 받아들며 물었다.

"뭔데, 할 말이?"

그가 건넨 홍차가 예쁜 색을 내고 있었다.

"너, 안 가도 돼."

그는 방을 비우지 않아도 된다고 말했다. 유럽 부부에게 메일이 하나 더 왔는데 요구하는 게 너무 많아 결국 거절했다고 했다. 진상도 그런 진상이 없지 뭐야. 세상에 관광 패키지마저 공짜로 해달래. 히란은 내게 있고 싶은 만큼 있으면 된다고, 신경 쓰게 해 미안하다고 말했다. 뜨거운 홍차를 홀짝이며 나는 무심히 말했다.

"응, 안 그래도 그러려고 했어."

고민한 것에 비해 섣부른 대답이라 나는 홍차를 머금고 조금 웃었다. 사실 이미 알고 있었는지도 모른다. 결국 나는 이렇게 결정하게 될 거란 걸. 옆에서 히란도 웃었다. 아침보다 얼굴이 편해 보였다. 아마 내 얼굴도 그럴 것이다.

떠날 날을 기약하지 않음으로써 나는 이곳에 살아보기로 했다. 언젠가 떠나기야 하겠지만, 그래도 그전까지는 그저 '사는' 사람으로서 하이랑카에 있어 보기로 했다. 남기로 하니 참 좋았다. 모든 것이 제자리에 놓인 기분이다. 로비도, 테라스도, 201호도. 모두 보기 좋은 위치에 있었다.

　따뜻한 이불 속으로 들어가는데 문득 투모로우 남매가 생각났다. 내일도, 내일의 내일도 여기에 있을 나는 어쩐지 투모로우 남매에게 꼭 원 포토를 선물해주고 싶어졌다. 두 사람이 서 있던 자리를 떠올리며 눈을 감았다.

　투모로우, 원 포토.
　까랑까랑한 목소리가 들리는 것 같기도 했다.

엄마와 마이마이

●
●
●

    살기로 결심할 무렵부터 이모님을 엄마라 불렀다. '저기요'나 '이모님'이라는 호칭은 어쩐지 여기 있는 사람을 저기 있는 사람처럼 느끼게 했다. 호칭을 엄마로 정한 이유는 우리말 엄마는 스리랑카 말로도 엄마기 때문이다. 그녀가 돌보는 저택에 살고 있으니 엄마라 못 부를 것도 없었다. 주방 이모는 나이가 그렇게까지 많지는 않지만 어쩐지 엄마라 불리는 걸 좋아했다. 그녀는 엄마라 불릴 때마다 부끄럽지만 기쁜 표정으로 "도-터(daughter)" 하고 대답했다.

    엄마는 영어를 배운 적이 없기 때문에 아주 짧은 말만 했다. 그녀는 스스로를 '마이(my)'라고 지칭했는데, 마이는 왠지 어떤 상황에서도 쓰였다. 음식을 차린 뒤 "마이!" 할 때는 '내가 이것들을 만들었으니 맛있게 먹거라.'라는 뜻이고 식탁보를 가리키며 "마이!" 할 때는 '흘리면서 먹지 말랬지'라는 식이다. 그녀가 '마이'를 외칠 때는 어딘가 확신에 찬 표정이 된다. 히란은 엄마에게 '아이(I)'나 '미(Me)'도 가르쳐 보려 한 것 같지만 나는 엄마의 '마이'가 좋아 그냥 두었다. 왠지 엄마는 마이일 때만 진짜 엄마였다.

엄마는 객실을 돌보는 것 외에도 히란과 매니저의 끼니를 책임졌기 때문에 온종일 노동했다. 감자나 계란이나 조미료들은 수시로 떨어졌기 때문에 그녀는 매일 바빴다. 계란이 모자란다거나 마무리 단계에서 소금이 없다거나 하는 식이었다. 그럴 때는 나는 자주 심부름을 갔다. 나는 시간이  많은 데다 엄마보다 빠르기 때문에 5분 대기조로 자주 이용되었다.

히란은 손님을 불필요하게 노동시켜선 안 된다며 자주 엄마를 혼냈다. 엄마는 식구끼리 뭐 어떠냐는 식으로 소심히 대든 모양인데 일본에서 동아시아식 마인드를 배워온 그에겐 통하지 않았다. 방값만큼 충분히 대우해줘야 한다는 히란과 친해지면 상관없지 않냐는 엄마는 자주 입씨름했다. 일해주는 건 상관없지만 두 사람이 싸우는 건 싫었기 때문에 엄마를 도울 때는 먼저 히란의 위치부터 파악했다. 히란 몰래 밭에서 채소를 캐오거나 계란을 삶아주거나 이불 빨래를 해주는 동안 나는 엄마와 빠르고 깊게 친해졌다. 그녀는 진짜로 할 일이 너무 많았다.

엄마가 타인의 손을 가장 필요로 하는 순간은 장을 볼 때다. 하이랑카에 필요한 식재료는 대부분 히란이나 매니저가 사다 주지만 갑자기 떨어지는 세간 살림은 그때그때 엄마가 직접 채웠다. 세탁 세제나 밀가루나 계란은 무겁거나 들기 까다롭기 때문에 내가 자주 동행했다.

엄마와 타운으로 향할 때는 유독 말 거는 사람이 많았다. 엄마는 누와라엘리야에서 태어나 쭉 여기서만 살았기 때문에 아는 사람이 많았다. 동네 어른들은 엄마만 보면 쪼르르 달려와 말을 걸었는데 그때마다 나와 엄마를 번갈아 보며 고개를 갸웃했다. 그럴 때면 엄마는 평소보다 큰 목소리로 말하며 자주 웃었다. 한 번은 엄마랑 길을 걷다 어떤 할머니를 마주쳤는데 그녀는 뜬금없이 내게 할머니를 소개했다. 나는 고개를 숙인 것도 안 숙인 것도 아닌 자세로 "하이~!" 하고 인사했는데 어쩐지 할머니가 흡족하게 웃으며 어깨를 쓰다듬었다. 뭘 잘한 건지 모르겠지만 어쨌거나 나는 엄마 옆에서 자주 이런 식의 두둔을 받았다. 너무 따뜻해서 가끔은 어쩔 줄 모르는 상태가 되기도 했다.

그녀의 행동이 자랑스러움에서 비롯되었다는 건 머지않아 알게 됐다. 엄마는 길에서 나를 발견하면 티나게 "도우터!" 하고 소리쳤다. 하이랑카로 그녀의 진짜 도우터가 찾아온 날엔 아예 옆에 앉히고 놓아주질 않았다. 엄마의 딸은 너무 어렸기 때문에 왠지 내 이름이 도우터인 줄 아는 것 같았지만 상관없었다. 엄마는 외국인인 나를 좋아했고, 외국인과 친해진 스스로는 더 좋아했다. 아무것도 안 해도 대접받는 기분은 꽤 괜찮았기 때문에 그녀가 부르는 대로 나는 자주 불려갔다.

도우터로 사는 동안 웃긴 상황도 빈번히 생겼다. 한 번은 혼자 타운에 나간 적이 있었는데 복권 파는 아주머니가 오시더니 종이 하나를 내밀었다. 이분은 엄마 덕분에 알게 된 동네 사람 중 하나였다. 그녀가 건넨 건 빳빳한 일회용 복권이었다. 당첨되기만 하면 몇억쯤 거저 생길 것이었다. 아주머니는 뜬금없이 행운을 쥐여주고 쿨하게 돌아섰는데 집에 돌아와 히란을 통해 통역해주니 엄마가 무척 좋아했다. 알고 보니 며칠 전 두 분이 사소한 문제로 다투셨단다. 평소 쪼잔하기로 소문이 자자한 양반인데 무려 복권을 주더냐며 참 별일이 다 있다고 박수까지 치며 좋아했다. 왠지 이 일로 두 분이 화해할 것을 백 프로 확신하며 나는 방으로 돌아왔다. 엄마의 깔깔거리는 소리를 들으며 왠지 이 복권 번호는 죽을 때까지 맞춰보지 않는 게 좋겠다고 생각했다. 어차피 당첨돼도 한국으로는 못 가져갈 돈이었다.

엄마는 오로지 타밀어만 할 줄 알았기 때문에 이따금씩 손님에게 험한 소리를 들었다. 하루는 누가 방문을 두들기길래 나가보니 엄마가 거의 우는 표정으로 서 있었다.

"마이! 마이!"

엄마는 가슴을 한 번 쾅 치곤 아래층을 손가락으로 콕콕 찔렀다. 1층으로 내려가 보니 키가 멀대같이 큰 서양 남자 하나가 잔뜩 화난 채로 서 있었다. 남자는 네가 여기 사장이냐며 날카롭게 물었다. 무슨 일이냐 물으니 화장실 휴지 좀 달라는 말을 다섯 번도 넘게 했는데 엄마가 들어놓고도 무시했단다. 급하게 어찌어찌 빌려서 처리하긴 했는데 생각할수록 화가 나 그냥 넘어갈 수가 없었다며 무섭게 따졌다. 남자가 따지는 동안 엄마는 내 후드티를 잡고 울었다. 나는 사장도 뭣도 아니었지만 그냥 들었다. 이 상황에 욕받이까지 없으면 왠지 큰일 날 것 같았다. 나는 녹음기처럼 '쏘리'만 반복했는데, 남자의 빠른 영어는 거의 못 알아들을 수준이었기 때문에 반만 알아듣고 반만 기분 나빴다. 적당히 못 알아듣는 건 왠지 좀 좋은 것 같았다.

이날 저녁 엄마를 위해 작은 페이퍼를 만들었다. 하이랑카에서 자주 쓸만한 단어를 영어로 정리한 종이였다. 단어 선정은 내가 했고 발음은 히란이 타밀어로 적었다.

- 토일렛 페이퍼, 디너, 스푼, 프리, 블랭킷, 워터

만일의 사태를 대비해 'Speak Sri lankan, you bastard!(스리랑카 말로 해 이 새끼들아!)'라는 문장도 추가하고 싶었지만 히란이 말렸다. 엄마는 종이를 받고 미안해하면서도 고마워했다.

그녀에게 자랑거리가 되는 나날은 계속 이어졌다. 엄마는 여전히 '마이'만 할 수 있었고 히란 몰래 일을 시켰지만, 어떤 상황에서도 엄마라고 불리는 걸 좋아했다. 주는 것 없이 사랑받는 기분은 나쁘지 않았다. 내가 나인 채로도 썩 괜찮아지는 순간이기도 했다.

마당과 사람들

✦
✦

 하이랑카에는 넓은 마당이 있다. 앞마당와 옆마당, 그리고 뒷마당. 옆과 뒤에는 채소나 꽃들이 자라고 앞마당에는 손님들이 축구를 하거나 배드민턴을 칠 수 있도록 빈 공간으로 놔두었다. 나는 날씨가 좋을 때 자주 1층으로 노트북을 가지고 와 작업을 한다. 글도 쓰고 포토샵으로 콘텐츠도 만든다. 그러다 손님이 오면 히란 대신 안으로 안내하거나 궁금한 것들이 있는 이에게 답변을 해준다.

 "타운은 저쪽으로 가면 됩니다."

 "뚝뚝은 50루피 이상 주지 마세요."

 "여분 수건은 로비 찬장에 있습니다."

 앞마당 풍경은 대체로 평화롭고 풍요롭다. 담배 피우는 사람, 운동하는 사람, 고양이나 새들에게 먹이를 주는 사람. 나는 잔디가 예쁘게 돋은 하이랑카의 앞마당을 보며 어릴 적 살던 구미의 작은 시골 마을을 자주 떠올렸다.

태어날 때부터 부모님은 맞벌이를 했다. 반드시 그래야 하는 상황은 아니었던 것 같은데도 두 사람은 그랬다. 아침이 되면 엄마와 아빠는 무척 분주했다. 아빠는 칼선이 날카롭게 선 와이셔츠를 두 팔에 끼우며 재차 벽시계를 확인했고, 엄마는 한 손엔 드라이기를, 다른 한 손으로는 나에게 이것저것을 챙겨 입으라 지시하며 목소리를 높였다. 엄마의 배는 남산만 하게 불러있었다. 네 가족이 완성되기까지 얼마 남지 않은 시간이었다.

나는 어린이집에 다녔다. 아침이 되면 봉고차가 마을 앞에 도착했고, 선생님의 도움을 받아 계단을 오르고 나면 차는 곧 출발했다. 차에는 늘 몇몇의 아이들이 미리 타고 있었다. 그들 중 절반은 우리가 탈 때 이미 잠들어 있었고, 나머지 절반은 이 집 저 집을 도는 동안 후발대로 잠들었다.

이상한 일이지만 어린이집에 대한 기억은 거의 남아 있지 않다. 마을에서 봉고차를 탔던 것, 그리고 놀이 프로그램이 끝나고 다시 차를 타고 집으로 돌아왔던 기억이 거의 전부다. 마을과 멀수록 기억은 희미해졌고, 다시 가까워질수록 영상은 선명해졌다. 어떻게 이런 일이 가능한지는 나도 모르겠다.

그래도 남아 있는 몇몇의 기억을 건져보자면 다음과 같다. 봉고차를 몰던 기사님은 여자였다. 기사님은 젊지도 늙지도 않았고 늘 흰색 장갑과 이상하게 생긴 선글라스를 착용하고 있었다. 여자 기사님은 운전을 잘해서 언제나 타자마자 잠이 쏟아졌고, 늘 과묵했지만 이따금씩 우리가 심심해하면 목청껏 동요를 불러주었다. 어린이집에는 짓궂은 아이들이 많았는데 나도 심심찮게 목표물이 되었다. 그 아이들은 틈만 나면 내게 "니는 엄마도 엄꼬 아빠도 업째? 고아재?" 하며 화를 돋우었다. 당시 어린이집에는 엄마가 원으로 직접 방문해 아이들을 데려가는 반과 늦게까지 남아 있다가 봉고차를 타고 귀가하는 반이 있었는데, 그 아이들은 모두 전자였고 나와 나머지는 후자였다. 나는 고아도 아니고 엄마랑 아빠가 모두 있었지만 어쩐지 그 말만 들으면 참을 수가 없어졌다. 그래서 자주 주먹을 휘둘렀다.

"니 입 다물어라 캤재? 내 엄마 아빠 다 있그든 이 문디야!"

그 애들이 가만히 맞고만 있지는 않았지만 어쨌든 몇 대라도 두들기고 나면 속이 후련했다. 하지만 먼저 가는 반 애들이 남아 있는 반 애들을 그런 식으로 놀리고 나면 꼭 누군가는 울었다. 아니 보통은 늘 우는 애가 울었다. 가해자들은 우는 애를 보며 울보니 뭐니 놀려대다 자기네 엄마 품에 안겨 쏠랑 사라졌다. 그 애들이 떠나고 나면 몇 명이 더 울었다. 나는 우는 그 애들한테도 화가 났다. 왜 우는 거지, 바보인가? 나는 진짜로 엄마 아빠가 없는 것도 아닌데 도대체 왜 우는 거냐고 묻고 싶었지만, 왠지 입 밖으로 꺼내지는 않았다. 지금 생각해봐도 참 잘한 일이었다.

어린이집에서의 기억은 이게 전부다. 꽤 오래 다녔던 것 같은데 왜 생각나는 게 이것밖에 없는지 나도 신기하다. 그래도 당시 찍혔던 사진으로 추측하건대 나는 거기서 꽤 잘 지냈다. 예쁜 옷 입고 생일 파티도 했고 친한 친구도 있었다. 기억이 남아 있었다면 분명 할 이야기가 많았을 텐데. 아쉬운 부분이다.

봉고차를 타고 집으로 돌아오면 그때부터 몇 시간은 집이나 마당에 혼자 있었다. 요즘 같으면 어린애를 혼자 뒀다고 아동학대니 뭐니 말이 많았겠지만, 엄마의 말에 따르면 예전엔 다 그랬다. 그리고 무엇보다도 나는 홀로 보내는 그 시간을 좋아했다. 그 시간 동안엔 어디든 갈 수 있었고 아무에게도 혼나지 않았다. 나는 어린이집에서 돌아오면 목에 걸린 열쇠로 현관을 따고 들어간 뒤 부엌으로 가 냉장고 문을 열었다. 엄마는 눈에 띄는 자리에 항상 간식을 놓아두었는데, 어떤 날엔 음료수였고 또 어떤 날에는 젤리나 초콜릿이었다. 가끔 찐 감자나 옥수수일 때도 있었는데, 그런 날엔 좋아서 깨춤을 췄다.

마을에는 우리 집 말고도 네 가구가 더 있었다. 한 곳은 할머니 혼자 사는 큰 집, 두 곳은 누가 살았는지 기억이 안 나는 작은 집, 그리고 하나는 초록색 철제 지붕이 덮인 큰 공장이었다. 할머니는 절대 집 밖으로 나오지 않았으며, 작은 집들에는 늘 사람이 없었기 때문에 나는 주로 공장이나 마당에서 인부 아저씨들을 구경하며 시간을 보냈다. 그곳엔 항상 싱크대나 책꽂이, 혹은 장롱 같은 것들이 높게 쌓여 있었다. 나는 아저씨들이 나무를 날라다 길이를 재고, 기계로 자르고, 뚝딱뚝딱 모양을 내는 걸 옆에서 한참이나 구경했다. 그들은 나무를 잘라내 순식간에 그럴싸한 물건을 만들어 냈는데, 나는 그 과정을 처음부터 끝까지 멍하니 쳐다보곤 했다. 세상의 모든 물건은 반드시 이 공장을 통해 태어나는 것 같았다.

공장 아저씨들은 웬만해서는 친절했고 호의적이었지만 내가 절단기 근처에만 가면 얘기가 조금 달라졌다. 아저씨들은 내가 그쪽으로 그림자만 비쳐도 "어이!" 하며 큰 소리로 주의를 줬다. 그럴 때마다 나는 깜짝깜짝 놀랐다. 공장이 쩌렁쩌렁 울렸기 때문이다. 목소리가 너무 커서인지 가끔은 섭섭해서 눈물이 나올 것도 같았지만 절단기만 멀리하면 누구도 내게 화내지 않았기 때문에 금세 잊을 수 있었다. 공장장 아저씨는 쉬는 시간만 되면 일꾼들에게 박카스를 나누어 주었는데 그럴 때마다 항상 나도 챙겼다. 박카스는 엄마나 아빠가 절대 사주지 않는 어른들의 간식이었기 때문에 비밀스러운 기분이 되었다. 나는 박카스를 받은 날이면 몰래 주머니에 숨겨 뒀다가 생각날 때마다 뚜껑을 열어 한 모금 한 모금씩 아껴 마셨다. 공장장 아저씨는 박카스를 약이라고 설명했지만 나는 믿지 않았다. 세상에 이렇게 맛있고 시원한 약은 있을 리가 없었다. 이게 진짜로 약이라면 매일매일 몇 병이고 마실 수 있을 것 같았다.

공장 바닥에는 싱크대나 책꽂이가 되지 못한 작은 나무 조각들이 많았다. 네모난 것도 있고 세모난 것도 있고 가끔은 동그란 것도 있었다. 나는 그것들을 주워다 마당에서 퍼즐 놀이를 했다. 그걸로 집도 만들고 공룡도 만들었다. 모양이 애매해 각이 맞지 않을 때면 아래에서부터 차곡차곡 조각을 쌓아 올렸다. 적은 날에는 대여섯 개, 많은 날에는 열 몇 개까지 올릴 수 있었다. 공장은 시끄러웠고 나무 가루가 먼지처럼 시야를 덮었지만 잦은 기침을 하면서도 나는 자주 그곳에 갔다. 여섯 살 때 만화영화에 빠지지 않은 건 모두 이 공장과 마당 덕분이리라. 호흡기 질환을 달고 살았기 때문에 이걸 '덕분'이라 불러도 될지 조금 애매하지만 어쨌거나 말이다.

공장 뒤편으로 조금만 걸어가면 커다란 사육장 두 개가 나왔다. 다른 가정집들은 공터를 텃밭으로 썼지만, 공장은 그 공간에 철조망이 달린 장을 놓고 동물을 키웠다. 한쪽에는 토끼, 그리고 다른 한쪽에는 병아리와 닭이 있었다. 나는 가끔 사육장에서 노란 병아리를 꺼내 가지고 놀았다. 병아리는 매우 작았기 때문에 한 손으로도 금방 잡혔다. 토끼도 갖고 놀고 싶었지만 그러지 못했다. 토끼장에 손을 넣어 새끼를 꺼낼라치면 저 멀리서 엄마 토끼가 풀썩풀썩 뛰어왔기 때문이다. 작은 토끼는 귀여웠지만 엄마 토끼는 너무 크고 징그러웠고, 무엇보다도 물리면 무지 아플 것 같았다. 어미 토끼는 매일 코코볼 같은 동그란 똥을 바닥에다 잔뜩 쌌는데 어쩐지 내가 근처에 가기만 하면 꼭 일을 보았다. 일부러 그러는 것 같아 괘씸했다. 사육장 앞에는 깡마른 개도 한 마리 있었다. 개는 장 안에 들어가 있지도 목줄에 묶여 있지도 않았지만 어디에도 도망가지 않고 늘 그 자리에 있었다. 나는 마당 뒤편에서 그 개와 눈이 마주칠 때마다 바짝 긴장을 했는데, 개는 내가 그러거나 말거나 관심도 없었다. 항상 커다란 몸을 모래 바닥에 눈 채 나른한 표정으로 낮잠을 청할 뿐이었다. 개는 사육장에서 쫑쫑거리지도, 울지도, 똥을 싸지도 않는 유일한 존재였다.

어느 날, 평소처럼 공장에서 먼지를 마시다 마당으로 나왔을 때였다. 평소 친하게 지내던 아저씨가 그늘에 앉아 쉬고 있었다. 아저씨는 멀리서 나를 보자마자 입술에 손가락을 가져다 댔다. 쉬는 시간이 아니었기 때문에 비밀로 해야 했다. 나는 살금살금 아저씨 곁으로 가서 앉았다. 그늘 아래 시원한 바람이 불었다.

"아지야! 싱크대 다 만들었나?"

아저씨는 조금 지쳐 보였다. 사실 공장에서 일하는 대부분의 아저씨들이 그랬다. 그러고 보니 오늘은 공장장 아저씨가 박카스를 주지 않았다. 박카스는 약인데, 그걸 마시면 분명 아저씨도 힘이 날 것이었다. 공장 안에서 절단기 돌아가는 소리가 윙윙 울렸다.

"아지야. 오늘 박카스 못 받았재? 얼른 공장장 아저씨한테 가서 달라고 캐라."

"아이다. 받았다."

"받았나? 언제? 근데 와 안 먹노?"

"이따 먹을라고 주머니에 몰래 숨카놨다."

나는 놀랐다. 나 같은 사람이 또 있다니. 어른과 공통점이 생겼다는 사실이 신기했다. 아저씨는 웃으면서 내게 "확인해볼래?" 물었다. 나는 고개를 끄덕였다. 아저씨는 바닥에 내려둔 내 손을 슬그머니 잡더니 자신의 바짓가랑이에 가져다 댔다. 손바닥에 딱딱한 것이 잡혔다. 그런데 왠지 박카스랑은 조금 다른 것 같았다. 생각해보니 아저씨가 박카스를 숨긴 곳은 주머니 쪽이 아니었다. 손을 떼고 잠시 멍하게 있자 아저씨는 웃었다. 그러면서 다른 아저씨들도 이렇게 박카스를 숨겨놓고 먹는다고, 그러니 절대로 공장장 아저씨나 부모님한테 이 사실을 말해서는 안 된다고 일렀다. 나는 알겠다고 대답했다. 이 행동이 무엇을 의미하는지 알기까지는 아주 오랜 시간이 걸렸다.

마당을 쏘다니다 엄마가 퇴근하면 얼른 집으로 돌아갔다. 부엌에는 금세 맛있는 냄새가 났고 세 식구는 식탁에 사이좋게 마주 앉았다. 혼자의 시간은 끝났지만 집에도 재미있는 것은 많았다.

하이랑카 마당에만 나오면 꼭 이때 생각이 났다. 너른 공간과 푸른 잔디, 마음껏 돌아다니는 동물들과 사람들, 그리고 손바닥 가득 느껴지던 딱딱한 느낌. 그게 요즘이라면 어땠을까? 나는 고개를 절레절레 저었다. 아주 옛날 일이라 다행인 것 같다고 생각했다. 무엇이든 쉽게 믿고 금방 웃어버리는 나이였다. 여섯 살 때의 나는 그랬다.

환이 온다

⬧
⬧

　인도에서 누가 오기로 했다. 뉴델리에서 만난 동행인데 스리랑카에
오는 김에 누와라엘리야에도 들리겠다고 했다. 여기서는 편의상 '환'으
로 부르겠다.

　환과 나는 게스트하우스에서 우연히 만났는데, 또 우연히도 같은
대구 사람이었다. 마음껏 촌스러워져도 되는 사람 앞에서 나는 편해
졌고, 때문에 빨리 친해졌다. 단 며칠을 같이 있었지만 서로 많이 알
았기에 헤어지던 날 조금 형식적이고 많이 진심인 상태로 다음을 기
약했었다.

　환이 온다는 소식에 마음이 급해졌다. 그에게 부탁할 것이 있었기
때문이다. 인도는 스리랑카보다 큰 나라고 그만큼 다양한 것들이 있
기 때문에 풍족한 땅에서 오는 그에게 라면을 사 와줄 것을 부탁했
다. 신라면이면 제일 좋겠지만 아니어도 상관없을 것 같았다. 환은 기
회가 되면 한두 개 사 가보겠다고 소극적으로 말해놓고 며칠 후 신라
면 열 개와 함께 하이랑카에 나타났다. 오랜만에 보는 그는 살이 많
이 빠져있었고 여전히 촌스러워서 너무 반가웠다. 보름 만에 보는 한

국인, 보름 만에 뱉어보는 한국어, 온몸에 무력 힘이 솟았다.

환이 온 후 내 혀는 영어를 할 때와는 조금 다른 느낌으로 움직였다. 한국어를 발음할 때는 영어를 할 때와 다른 근육을 써야 하는데 쉬던 혀 근육 일부가 질기게 당기는 느낌을 받으며 나는 약간 변태처럼 웃었다. 모국어를 할 때는 조금 더 진짜의 내가 되기 때문에 나는 오랜만에 거울 앞에 선 기분이 되었다.

오빠, 찌개, 밥, 산책, 이발, 추위, 잘 자

나를 낳고 길러온 언어를 마음껏 사용하며 환과의 일상을 보냈다. 히란은 갑자기 빨리, 많이 말하는 나를 신기하게 쳐다봤다. 너 원래 이렇게 말이 많은 사람이었니, 영어 할 때와는 목소리조차 달라 아예 다른 사람인 것 같다고도 했다. 환이 오고부터 하이랑카에는 지아도 있었고 현지도 있었다.

환이 온 이후 나는 배고픈 느낌이 좋아졌다. 그가 매 끼니마다 맛있는 걸 만들었기 때문이다. 자취를 오래 한 환은 요리를 자주 했고 또 잘했다. 환은 말도 안 되는 재료들로 제대로 된 한 상을 차려내는 데 탁월한 재능이 있었다. 그가 만든 음식 중 제일 신기했던 건 찜닭이다. 그는 재래시장에서 사 온 간장 맛 나는 이상한 소스에 콜라를 들이부어 찜닭을 만들었다. 거짓말 하나도 안 보태고 한국에서 먹는 것보다 훨씬 맛있었다. 어떻게 그런 재료로 이런 맛을 내는 거냐고 물으면 환은 "그냥 그렇게 하면 될 것 같았다."라고 대답했다. 환은 여러모로 혀를 즐겁게 만드는 사람이었다. 그의 손과 눈과 지갑에서 탄생하는 음식들을 먹으며 나는 편하게 웃고 마음껏 살쪘다.

환이 만든 음식은 히란과 매니저와 주방 이모님도 좋아했다. 환이 중국 고춧가루와 채소 몇 가지로 짬뽕을 만든 날, 히란은 그것을 한국 음식도 중국 음식도 아닌 '환의 음식'이라 표현했다. 확실히 환의 재능을 털어 만든 음식은 세계 어디에도 없는 맛이긴 했다. 그가 이곳에 머무는 동안 나는 스리랑카에는 없는 소리와 음식과 정서를 마음껏 누렸다. 그가 있어서 좋은 만큼 그가 없는 생활로 돌아갈 날이 두렵기도 했다. 그래서 그가 떠나기 전날, 나는 환이 마지막으로 만들어둔 배추김치를 보며 조금 훌쩍였다.
세상 어디에도 없을 환의 김치였다.

열일곱, 학교 대신 여행

◆
◆
◆

　환이 떠나고 얼마지 않아 마트에서 한국인 모녀를 만났다. 현관에서 모녀 중 '녀'를 만났는데 우리는 서로를 한국인인가 중국인인가 헷갈려 하다 불현듯 나타난 '모'가 녀의 이름을 부르면서 자연스럽게 한국어로 인사했다. 두 사람은 나를 많이 좋아했다.

　녀는 우리나라 나이로 열일곱 살이었다. 나는 녀의 나이를 한국 교육 과정과 매치해보다 조금 갸웃했다. 아직 학기 중이지 않나? 섣불리 묻지 못하는 내게 모는 익숙하다는 듯 딸이 휴학 중이라고 설명했다. 배움을 쉬게 된 이유가 궁금했지만 함부로 묻는 대신 나는 그들을 하이랑카로 초대했다. 두 사람이 냄비에 팔팔 끓인 한국 라면이 먹고 싶다고 말했기 때문이다. 하이랑카는 그들이 묵는 숙소에서 많이 멀었지만, 누구든 쓸 수 있는 주방이 있었다. 모녀는 드디어 한식을 먹는다며 좋아했고, 나는 맞은편에 앉아 있어 줄 사람이 생겨 좋았다.
　두 사람에게는 떠돈 지 오래된 사람 특유의 바깥 냄새가 났다. 그

냄새는 아무렇게나 자른 손톱, 뿌리와 끝 색이 차이 나는 머리카락, 까슬해진 발등, 인종을 바꿔버린 그을린 피부에서 가장 강하게 풍겼다. 히란은 하이랑카를 방문하는 세 번째와 네 번째 한국인인 그들을 반겼다.

라면을 마구 나눠 먹는 동안 나는 두 사람에 대해 조금씩 알아갔다. 두 사람이 세계 여행을 시작한 지 3개월이 넘었다는 것, 스리랑카 전에 방문한 나라가 인도였다는 것, 앞으로 여행 기간이 6개월도 넘게 남았다는 것, 그리고 딸의 휴학을 엄마가 먼저 제안했다 사실도.

"배움이란 게 꼭 책 속에만 있는 게 아니니까요."

엄마는 딸에게 조금 다른 세상을 보여주고 싶었다. 딸이 너무 자라기 전에, 현실이 무거워지기 전에, 한 살이라도 어릴 때. 딸 역시 엄마의 제안이 좋았다. 자라서 어떤 사람이 되고 싶은지 생각할 시간이 필요했고, 여행이 하고 싶었고, 반드시 남과 같은 속도로 고등학생이 될 필요도 없을 것 같았다고 했다. 두 사람은 10대 시절의 열 칸 중 한 칸쯤은 비워도 된다는 것에 동의했고, 그래서 올해 초 자발적 백수가 되었다.

나는 모녀의 대화를 조금 대단하거나 남다르거나 특별하게 들으며 부러워하거나 감탄하거나 질투했다. 내가 해보지 못한 생각과 처해보지 않은 상황을 맹렬히 지나는 중인 두 사람이 신기했다. 이들이 테이블에서 나눠 먹고 있는 건 라면일까, 시간일까, 그 어떤 정서일까? 나는 이들이 지난 3개월 동안 단 한 번도 싸우지 않은 이유를 조금은 알 것만 같았다.

다음 날 타운에서 두 사람을 다시 만났다. 이번엔 처음 보는 중년의 남성도 함께였다. 남자는 코이카 단원이었고, 그 사실이 내게 어떤 영향을 끼칠지 상상도 못 한 채 나는 나를 서현지라고 소개했다. 비가 아주 많이 오는 날이었다.

한국말이 필요하시다고요

⋮

모녀가 데리고 온 남자는 두 사람의 나이를 합친 것보다 약간만 덜 살았다. 내가 세상에 없던 시절에 태어나 무수한 시간을 몸으로 통과해온 남자는 완전한 어른의 모습을 한 채 인사했다. 나는 그가 고등학생 때 과학 선생님이랑 엄청 닮았다고 잠깐 생각했는데, 뒤이어 내가 그 선생님을 퍽 좋아하지 않았다는 걸 상기하곤 몰래 웃었다. 실제로는 그를 '선생님'이라 불렀지만 여기서는 '김'으로 칭하겠다.

김은 우리를 누와라엘리야에서 가장 비싼 카페로 안내했다. 그랜드 호텔 카페는 이 동네에서 유일하게 아이스 아메리카노를 마실 수 있는 곳이다. 질 좋은 밀가루로 만든 케이크를 먹을 수 있는 곳이기도 했다. 혈육인 두 사람과 접점이 없는 나머지 두 사람은 헐겁게 마주앉아 마시거나 먹거나 떠들었다.

　김은 누와라엘리야에 1년째 살았다. 영화감독이자 시나리오 작가이기도 한 김은 어느 날 창작을 멈추고 코이카 단원이 됐다. 스리랑카에서는 한국어를 가르친다. 김으로부터 한국어를 배운 학생들은 시험을 치른 뒤 한국으로 떠난다. 그들은 우리말을 배우기 위해 길게는 몇 년까지 투자하지만, 막상 가서 하는 일은 말이랄 게 필요 없는 단순 노동이 대부분이라고 했다. 그래도 한국에서의 노동은 많은 부를 가져다주었기 때문에 학생들은 김과 함께 꾸준히 공부했다. 말이란 하는 건 쉽지만 하게 하는 건 어렵기 때문에 김은 자주 지쳤다. 그래도 꾸준히 가르쳤다. 쓰거나 읽거나 듣게 하는 일을 수 번 반복하다 보면 어느새 학생 중 누군가는 비행기에 올랐다. 그가 스리랑카에서 느끼는 가장 큰 행복이기도 했다. 코이카에서 김의 역할은 한국어를 가르치는 것이지만 궁극적으로는 누군가를 이 세계에서 저 세계로 견인하는 일일지도 몰랐다.

김은 모국어를 나누는 것 외에도 여러 가지 일을 했다. 그중 가장 의미 있는 일은 화로를 만드는 것이었다. 누와라엘리야에 처음 왔을 때 김은 배정받은 숙소를 보고 크게 놀랐다. 다 닫았지만 덜 닫힌 창문으로 바람이 들어왔고 오랫동안 돌보지 않은 벽은 쩍쩍 갈라져 벌레와 냉기가 스며들었다. 아무리 봉사 차 왔다지만 이건 좀 너무했다고 생각했다. 나중에 안 사실이지만 본래 코이카에서 김에게 제공해 준 숙소는 그보다 훨씬 좋았다고 했다. 그러나 코이카가 지원한 정착 지원금은 스리랑카 현지인이 넘겨받으며 토막 났고, 그 쪼개진 파이로 지자체에서 겨우 마련한 곳이 바로 그 집이었다. 스리랑카에서는 왕왕 있는 일이지만 영문 모르는 김은 스리랑카에 오자마자 지독한 감기에 걸렸다. 살다 살다 그런 감기는 처음이었다. 숨 쉴 때마다 칼바람이 목을 찢었고 아무리 이불을 덮어도 몸이 떨렸다.

며칠 후 기운을 차리자마자 김은 숙소에 화로를 설치했다. 그는 전기나 콘센트 없이 오로지 흙과 나무와 불만으로 집을 데우는 능력이 있었다. 시멘트를 쓰면 더 좋지만, 숙소를 나갈 때 복구해주어야 해 그럴 수 없었다. 김의 화로는 작았지만 꽤 쓸만했다. 가끔 일이 끝난 뒤 화로에 고구마나 감자를 넣어 구워 먹기도 했다. 잘 구운 뿌리채소를 호호 불어 한 입씩 베어먹는 것은 김이 하루 중 가장 좋아하는 일이기도 했다.

화로를 본 스리랑칸들은 무럭 관심을 보였다. 불로 공기를 데우는 방식은 신선했고 무엇보다 재료가 쌌다. 김은 친해진 주민들의 집을 찾아가 재료비만 받고 화로를 만들어 주었다. 요청하는 사람이 많아

지자 나중엔 만드는 방법을 가르쳤다. 화로는 발상하는 게 어렵지 방식은 쉬웠기 때문에 스리랑칸들은 곧잘 따라 했다. 김은 누와라엘리야에 살며 숙소를 여러 번 옮겼는데 그때마다 이웃들에게 화로 만드는 법을 전수했다. 김이 머무는 자리마다 누와라엘리야는 부분부분 따뜻해졌다.

내가 누와라엘리야에 살아보기로 했다니 김은 기뻐하면서 걱정했다. 기쁜 이유는 모국어를 나눌 사람이 생겨서고, 걱정한 이유는 사는 것과 여행하는 것은 다소 차이가 있기 때문이라고 했다. 김은 내가 랑칸들에게 받을지 모를 상처를 미리부터 염려했다. 스리랑카는 좋은 나라지만 모든 스리랑칸이 좋지는 않다고. 그래서 떠도는 사람보다 머무는 사람이 똥 밟을 확률도 훨씬 높다고 했다. 이런 말을 하는 김의 얼굴은 조금 지쳐 있었다. 반백이 넘은 김이 누와라엘리야에서 보내왔을 시간과 상황들을 상상하니 나 역시 조금 숨쉬기 힘든 기분이었다. 그래도 김은 나의 살아볼 시간을 응원했다. 살아보기에 누와라엘리야는 퍽 적절한 지역이라고도 했다. 내 생각해도 그랬다.

며칠 후 김의 일터를 찾았다. 모녀가 엘라로 떠난 날이기도 했다. 두 사람이 떠난 누와라엘리야를 걸으며 나는 모녀가 빠져나간 옆구리를 쓸었다. 누가 있다 없어지는 건 몸의 한 부분을 떼어내는 것과 같아서 가끔은 두렵거나 쓰렸다. 이 느낌이 싫어 모녀를 빨리 잊고 싶었는데 동시에 얼른 다시 보고 싶기도 했다.

　오늘은 김을 대신해 강단에 서기로 했다. 국문과 출신에 글 쓰는 일을 한다고 경솔하게 말해버린 탓에 덜컥 일일 한국어 교사가 된 것이다. 김은 학생들이 꽤 착하다며, 내게도 좋은 기회가 될 거라고 눈을 반짝였다. 무엇을 위한 기회인지는 모르겠지만 일단 기회라는 말은 희망적이었기 때문에 나는 깜빡 고개를 끄덕이고 말았다.

　가르친다는 건 내가 소유한 것을 그렇지 못한 자에게 나눠주는 작업이기 때문에 가진 게 많지 않은 나는 늘 긴장한다. 의도적으로 짧게 만들거나 지나치게 정직히 조합한 한국어를 뱉고 있을 스스로를 상상하니 미리부터 부끄러웠다. 캐나다에서 한국어를 가르쳐 본 경험이 있다는 사실을 비밀에 부친 건 잘한 일이었다. 처음도 아닌데 저것밖에 못 하는 사람보다 처음인 것치고 썩 나쁘지 않은 사람이 되는 게 백 번 나았다. 첫인사로 '안녕하세요'가 나을지 'Hi'가 나을지 '아유보완(스리랑카 말로 안녕하세요. 아이유+보아로 외우면 편하다)'이 나을지 고민하는 동안 어느새 김이 일하는 기관에 도착해 있었다.

김은 푸른 정장에 회색 베레모를 쓴 채 인사했다. 교실에는 온통 새 것 냄새가 났다. 벽도 책상도 깔끔했고 무엇보다 컴퓨터가 좋았다. 한 국 자취방에 있는 내 것보다 최신 모델이었다. 이런 것들을 갖추도록 기관에 요청한 것은 김이었다. 교실은 작년 해외 봉사 단체에서 수리 했고, 컴퓨터와 교재 일체는 코이카에서 지원했다. 요청이 받아들여 지지 않으면 두 번 세 번 다시 말했다. 끝내 거절된 것도 있지만 대부 분은 성공했다. 김이 교실을 관리하고 돌본 덕에 우리말을 배우러 온 아이들은 조금 덜 춥고 덜 더웠다.

김은 학생들이 쓸 책상도 직접 만들었다. 디자인부터 나무의 종류까 지 김의 손을 거치지 않은 것이 없었다. 기성품보다 예쁘고 내구성도 좋 은 책상은 그가 이 교실에서 일군 것 중 가장 자랑스러운 것이었다. 어 쩌면 내게 일일 봉사활동을 권한 건 이 작고 깔끔한 공간을 보여주기 위해서였을지도 몰랐다. 내가 와서 김은 진심으로 좋아 보였다.

학생은 많지 않았다. 일과 공부를 병행해야 하기 때문에 학생들은 자주 수업에 빠졌다. 수업에 오려면 버스를 타야 하고 그러면 돈이 필 요하기 때문에 어쨌거나 일을 해야 했다. 공부를 하며 가족의 생계를 책임져야 하는 학생도 있었다. 나는 조금 절박하거나 많이 절박한 이 들 앞에 성의 있는 자세로 섰다. 첫인사는 '안녕하세요'로 결정했다. 듣는 이들이 당연히 알고 있을 한국어였다.

학생들은 한국어를 외국인이 발음하는 한국어처럼 했다. '을,를, 이, 가'와 같은 조사는 대부분 빠트렸고 어쩌다 시도하더라도 절반의 확률 로 틀렸다. 가장 큰 문제는 소리 내어 말하는 것 자체를 부끄러워했다. 틀리는 것은 그들에게 부끄러움 이상의 무엇인 듯했다. 학생들은 숨소리보다 아주 약간만 큰 목소리로 말했기 때문에 나는 자꾸 허리를 숙이거나 손을 펴 귀에 갖다 댔다.

나는 준비해 간 회화 수업을 포기하고 스피드 게임을 시작했다. 게임은 공부보다 재미있고 틀려도 덜 창피하기 때문에 학생들은 관심을 보였다. 지우개, 칠판, 책상, 선생님 따위의 단어가 적힌 종이를 보고 학생들은 드디어 소리 내어 말하기 시작했다. 이기기 위해 빨리 말했고, 아는 단어일수록 크게 설명했다. 여전히 작은 소리였지만 괜찮았다. 게임은 맞고 틀리는 것보단 이기고 지는 문제기 때문에 학생들은 많이 말했다. 열심히 말하고 듣는 학생들 앞에서 나는 근거 없이 웃었다. 뭔가를 끌어내는 것은 이렇게나 기쁜 일이었다. 가진 게 많지 않아도 할 수 있는 일이기도 했다.

수업이 끝난 후 나는 김에게 왜 이 일을 하게 됐는지 물었다. 잘나가는 영화감독이었던 그는 왜 갑자기 화로를 굽고 한국어를 가르치게 됐을까? 김은 뜨거운 커피를 조심히 들어 올리며 말했다.

"왜 하긴, 하고 싶은 일이고, 할 수 있는 일이니까 하지."

명료한 말에 어쩐지 움직일 수가 없어졌다. 하고 싶은 것과 할 수 있는 일이라. 두 가지가 일치한다는 건 참 멋진 일이라고 생각했다. 나는 김의 의지로 이뤄둔 화로와 교실과 책상과 학생들을 떠올렸다. 왠지 그가 가르친 학생들은 반드시 한국어 시험에 합격할 수 있을 것만 같았다. 김은 나를 가르치지 않았지만 나는 그에게 여러 가지를 배웠다. 아니 어쩌면 그는 나조차도 가르쳤는지도 모르겠다.

일은 못 해도 사람은 착합니다

⬩
⬩
⬩

비슷한 날이 지나갔다. 바나나로 아침을 때우고, 점심을 만들어 먹고, 저녁을 건너뛰거나 군것질로 채우는 사이사이에 빨래를 하거나 산책을 하거나 칼럼을 썼다. 가사 노동도 그냥 노동도 싫은 날엔 방에서 드라마를 보며 쉬었다. 듣기엔 평화롭겠지만 그저 쉬는 날은 많지 않다. 나는 손님이면서도 가족이기 때문에 매일매일 하이랑카 식구들의 일을 도왔다.

히란은 자주 하이랑카를 비웠다. 아내가 많이 아팠기 때문이다. 암이 겨드랑이를 타고 가슴에서 팔로 번졌다고 했다. 아내는 스스로를 돌보기 바빴기 때문에 어린 두 아이는 히란이 책임져야 했는데 그래서 하이랑카에는 히란이 있다가 없는 날이 많았다. 그는 저택을 비우기 전 내게 이것저것을 부탁했다. 주로 새로 들어올 손님이나 곧 나갈 손님들에 대한 부탁인데 가령 여분 휴지가 어디 있는지 알려주라거나 온수가 안 나올 때 어떻게 하면 되는지 말해주라는 것들이다. 이런 말을 할 때 히란은 모든 문장의 마침마다 '쏘리'를 붙였다. 우리가 평소에 쓰지 않던 말이라 그런지 쏘리는 아주아주 미안하게 들렸다.

히란이 내게 부탁을 하는 이유는 매니저가 일을 지지리도 못하기 때문이다. 히란의 친척이자 그보다 몇 살 더 많은 매니저는 좋은 사람이지만 좋은 일꾼은 아니다. 그는 반백이 훌쩍 넘은 나이에 영어도 잘했고 사교성도 좋았지만 일 센스만큼은 먹고 죽으려도 없는 사람이라 손님과 빈번히 싸웠다. 그가 주로 하는 실수는 더블 부킹이다. 같은 날 같은 방에 두 팀씩 예약을 받아 버리는 식인데 때문에 하이랑카 로비에는 낯선 손님과 매니저가 영어로 싸우는 일이 잦았다.

나 역시 매니저의 실수 때문에 자주 피 보는 사람 중 하나다. 어느 하루는 그가 딱 하루만 다른 게스트하우스에 묵어 줄 수 없겠냐고 사정했다. 날짜를 착각하고 또 손님을 겹쳐 받았는데 지금 새로 온 손님이 소리를 지르고 난리가 났다는 거다. 서양인 손님은 인터넷 사이트에 악평을 올리겠다며 길길이 화를 냈는데 그가 올릴 글은 필연적으로 하이랑카에 치명적일 것이기에 매니저는 겁이 났다. 어쩔 수 없어진 나는 춥고 비 오는 날 엉성하게 챙긴 배낭을 메고 생전 처음 보는 숙소로 옮겼다. 미처 못 챙긴 짐은 이모가 급하게 창고 칸에 처박았다. 낯선 천장 아래 누우며 나는 친한 건 때론 참 불편하고도 불리한 것이라 생각했다.

그의 실수로 기분 상할 일은 이것 말고도 많았다. 매니저는 어찌 된 일인지 이틀에 한 번꼴로 더블 부킹 실수를 했는데 그때마다 찾아와 숙소를 옮겨달라, 도미토리로 가줄 수 없겠냐 부탁했다. 세 번까지는 들어주다 네 번째엔 거절했는데 어처구니없게도 그는 화를 냈다. 매니저는 네가 거절하면 내가 뭐가 되냐며 언성을 높였고, 나는 여러 가지로 기가 막혀 같이 화냈다.

"지아, 지금 새 손님이 오고 있다고!"

"매니저, 나도 손님이야! 잊었어?"

불편한 상황을 자꾸 만드는 사람과 한집에 사는 건 참 피곤한 일이었다. 누군가와 싸우는 건 아무것도 하기 싫은 일상 중 가장 마지막의 마지막까지 하고 싶지 않은 일 중 하나였다.

그래도 일하지 않는 매니저는 배울 점이 많았다. 불교도인 매니저는 혼자만 잘 먹고 잘사는 삶을 죄처럼 여기는 것 같았는데, 그래선지 식사 때마다 새나 개나 고양이의 밥도 함께 챙겼다. 그것들은 모두 주인 없이 떠도는 동물들인데 식사 때만 되면 귀신같이 알고 하이랑카로 모여들었다. 저택에는 그가 설치한 새 밥그릇이나 개 밥그릇이 곳곳에 있었고, 그렇게 모여든 동물들을 구경하는 건 손님들의 또 다른 여흥이었다.

한 날은 내 방에 거대한 나방 한 마리가 들어왔다. 나방은 간식이 든 비닐봉지 속으로 기어 들어가 끔찍한 소리를 내며 푸드덕댔는데 처음엔 소리가 너무 커 참새인 줄 알았다. 내가 소리를 지르자 매니저가 곧장 뛰어 올라왔다. 하지만 곧장 나방을 잡아주진 않았다. 그는 방으로 들어가 두 손에 나방을 '살린 채' 꺼내왔는데, 왜 빨리 안 죽이냐고 말하는 나를 보고 펄쩍 뛰었다.

"죽이다니? 얘가 뭘 잘못했다고 죽여?"

그는 방에서 꺼내온 나방을 거실에 놓아주며 엄한 표정으로 물었다. 나방은 풀려나자마자 어딘가로 빠르게 숨었다.

"혹시 그동안 벌레 발견하는 족족 죽였니?"

나는 매니저가 진심으로 화났다는 걸 느낄 수 있었는데 때문에 밤마다 모기 대여섯 마리쯤은 우습게 잡아 죽인다는 사실을 차마 털어놓을 수가 없었다. 그날 매니저는 이불과 베개를 들고 와 2층 거실에서 잤다. 거실에 풀어준 나방을 나로부터 지키기 위함이었다. 나는 스리랑카가 불교 국가임을 깨달을 때마다, 징그러운 벌레를 보고 뭔가로 내려칠 생각부터 들 때마다, 어떤 선고를 내릴 것만 같은 표정으로 나를 보던 매니저의 얼굴을 떠올렸다. 가르친 적 없겠지만 배울 게 많은 얼굴이었다.

정전과 저승과 이승

⬩
⬩

    비가 퍼부었고, 그러면서 정전이 이틀째 이어졌다. 하이랑카는 급속도로 추워지며 온수가 끊겼다. 히란은 양동이에 뜨거운 물을 담아 객실로 날랐다. 뜨거운 물은 아주 조금이었기 때문에 나는 찬물과 적절히 섞어 세수와 양치만 겨우 했다. 정전은 스리랑카의 고질적인 문제기 때문에 히란이 어떻게 할 수 있는 게 아니었다. 손님들은 상황을 받아들이거나 받아들이지 않는 방식으로 상황을 견뎠다. 그러는 동안 체크아웃하는 사람이 늘었고, 하이랑카는 조금씩 고요에 빠졌다. 그러다 오늘, 도미토리에 남은 마지막 손님이 체크아웃을 했다.

    노트북 배터리는 다행히 가득 충전되어 있었다. 정전이 언제까지 이어질지 모르기 때문에 이마저도 아껴야 하지만, 오늘은 쓰고 싶은 이야기가 있어 전원을 켰다. 춥고, 어둡고, 비가 오는 날 너무 조용해서 이상하고, 그렇기 때문에 무슨 일이 일어날 것만 같은 날, 이런 미스테리한 기분이 드는 날, 나는 꼭 그날을 상기하곤 한다.

살면서 이상하고 기이한 경험들을 한 번쯤은 한다. 간발의 차로 죽음을 피하기도 하고 어쩌다 잘 꾼 꿈 덕분에 비극적 사고를 아슬하게 비껴갈 때도 있다.

몇 년 전의 나처럼.

네팔 여행을 위해 비행기 티켓을 예매했던 날, 나는 기이한 꿈을 꿨다. 이날의 꿈을 나는 생생히 기억한다.

사람이 많은 어느 길 위, 나는 빨간 배낭을 메고 버스를 기다리고 있었다. 처음 보는 낯선 곳이었고, 나는 어디로 가야 하는지도 모르면서 그 버스를 기다렸던 것 같다. 한참을 기다리자 어느덧 낡은 버스가 정류장에 나타났다. 사람들과 함께 나는 그 버스에 올랐다.

"아가씨. 돈은 내한테 주소."

버스에 타자 버스 기사는 내게 손을 내밀었다. 다른 사람들은 돈 통에 요금을 넣는데 딱 나 하나만 본인 손 위에 돈을 올리라고 했다. 당시 버스비는 1,200원. 주머니에 손을 넣었는데 어쩐지 바지 주머니에 동전이 있었다. 나는 동전을 모두 꺼내 하나하나 세었다. 신기하게 100원짜리가 딱 12개 있었다. 운전기사는 12개를 하나하나 세어보더니 인상을 쓰며 이렇게 말했다.

"아이고! 아가씨, 하필 또 1,200원이 주머니에 있는교. 쯧쯧!"

그의 말에 이상함을 느꼈지만 일단은 타기로 했다. 다들 꿈이란 걸 꿔봐서 알겠지만 꿈속에서는 아닌 걸 알면서도 행할 때가 왕왕 있다. 그래서 나는 찜찜한 기분을 느끼면서도 버스에 올랐고, 그렇게 천천히 앞문이 닫혔다.

내부 구조는 기이했다. 좌석이 전방을 향하게 되어있는 일반 버스와 달리 그곳은 지하철처럼 옆으로 된 의자도 있고 군데군데 의자 없이 텅 빈 공간도 있었다. 앉을 자리가 없었기 때문에 나는 배낭을 멘 채 손잡이를 잡고 섰다. 창밖 풍경을 건너다 보았다. 어쩐 일인지 아까까지는 보이지 않았던 절친과 가족, 학창 시절 선생님들이 몽땅 배웅을 나와 있었다. 그들은 내게 손을 흔들었다.

잘 가라고. 수고했다고.

나 역시 그들에게 고개를 끄덕이며 손을 흔들었다.

버스는 출발했다. 차량은 낡았지만 승차감은 KTX만큼 부드러웠다. 버스 안에는 노인도 있었고, 어린아이도 있었지만 얼굴을 아는 이는 없었다. 한참을 달리다 버스가 고속도로로 들어서기 시작했다. 도로 양옆으로는 새파랗고 아름다운 강물이 흘렀다. 끝없이 뻗은 길을 달리며 나는 속이 뻥 뚫리는 것을 느꼈다. 모든 걸 내려놓아도 좋을 것 같은 기분. 아니, 이미 그렇게 된 기분. 역시 이 버스를 타기를 정말 잘했다고 생각했다.

버스가 고속도로로 완전히 진입하기 직전, 기사는 마지막 손님을 태워야 한다며 다시 앞문을 열었다. 누구도 이곳이 마지막 정거장이라 말해준 적 없었지만 그냥 느낌으로 알았다. 앞문이 열리고 젊은 여자가 탔다. 여자는 버스 안을 둘러보며 이렇게 말했다.

"뭐야, 사람이 왜 이렇게 많아. 다음에 탈까?"

흰색 원피스를 곱게 차려입은 여자는 버스를 타고 갈지 도로 내릴지를 고민했다. 우물쭈물하던 그 얼굴. 갈등에 휩싸인 표정이 또렷이 기억난다. 갈팡질팡하는 여자를 멍하게 쳐다보고 있는데 기사 아저씨가 백미러를 통해 내게 말했다.

"거 배낭 아가씨. 비좁은데 고마 다음 꺼 타소. 딱 보이 지금 갈 사람은 아니구만."

현실이었다면 말도 안 되는 요구였다. 나는 먼저 탔고, 무엇보다 이미 값을 지불했다. 하지만 왠지 그렇게 해주고 싶어졌다. 왜 그렇게 느꼈는지는 모르겠지만, 여자가 너무 지쳐 보였고, 그랬기 때문에 일간 알겠다고 해버렸다. 뒷문이 열렸다. 모두가 타기만 하는 그 버스에서 나는 처음으로 내린 손님이 되었다. 버스가 출발했다. 나는 먼지를 맞으며 햇볕이 내리쬐는 거리에 다시 섰다. 그렇게 꿈이 끝났다.

잠에서 깼을 때는 온몸에 소름이 돋았다. 명백한 흉몽. 천이백 원어치의 노잣돈. 나는 재빨리 보살 이모에게 전화를 걸었다. 친이모처럼 따르던 보살님은 내 이야기를 절반도 듣지 않고 이렇게 말했다.

"현지 니 혹시 또 어디 가나?"

나는 인도행 비행기 표를 예약했다고 대답했다. 보살님은 긴 한숨을 쉬었다. 그리고 7년 동안 한 번도 하지 않던 말을 했다.

"니 이번에 방침 해야 된다. 안 그러면 다시는 엄마 품으로 못 돌아온데이."

방침이란 굿이나 부적 같은 것을 의미하는데 이것을 하려면 돈이 적거나 많이 든다.

보살 이모의 첫 당부, 나의 기이한 꿈, 이야기를 들은 엄마는 두 번 고민하지 않고 굿을 하자고 말했다. 나는 직업이자 취미인 이 여행을 포기할 생각이 없었고, 내 일에 반대를 한 적이 거의 없던 엄마는 큰 결심을 했다.

굿이 열리는 새벽, 엄마와 나는 팔공산으로 향했다. 팔공산 기슭, 골프장으로 진입하는 옆길에는 큰 계곡이 하나 있는데 이 일대 무속인들 사이에선 이곳이 가장 기운이 좋은 곳이라 알려져 있다고 했다. 우리가 도착했을 때는 이미 여러 명의 무속인과 의뢰인들이 굿판을 벌이고 있었다. 보살 이모는 새벽부터 상을 차려놓고 우리를 맞았다.

"갖고 온 거 꺼내 보이소."

엄마는 가방에서 돈 봉투를 꺼냈다. 이모는 커다란 물동이에 계곡물을 받아오더니 엄마에게 물 위에 지폐를 한 장씩 띄워보라고 말했다.

"식구들 이름 하나하나 생각해가미, 천천히 조심조심 띄워 보소."

엄마는 물 위에 오만 원권 한 장을 올렸다. 지폐가 나뭇잎 뜨듯 가

넙게 수면 위에 누웠다. 두 개째도, 세 개째도. 그렇게 오만 원 지폐는 물 위에 차례로 올려졌다. 그러다 네 번째 지폐를 올리는 순간, 종이가 안으로 말려 들어가며 아래로 쑥 가라앉았다. 누구도 말하지 않았지만 나는 알았다. 저 오만 원이 내 운명이구나.

놀라운 일은 계속해서 일어났다. 식구 수대로 밝힌 촛불 중 오로지 내 이름을 건 촛불만이 바람에 미친 듯이 흔들렸다. 이모는 내게 다섯 색깔의 깃발이 달린 작대기 중 하나를 선택하게 했는데 어째선지 주야장천 빨간색만 걸렸다. 이모의 말에 의하면 빨간색은 '死', 죽음을 의미한다고 했다.

굿은 두 시간이 넘게 이어졌다. 그때마다 나는 간헐적으로 깃발을 뽑았고, 마침내 빨간색이 아닌 다른 색깔의 막대기를 뽑았을 때, 보살님은 그제야 두 시간 동안 흔들던 방울을 멈췄다. 그리고 말했다.

"현지 어메. 내가 할 수 있는 건 다 했다. 이제 현지한테 달렸데이. 내 부적 하나 써줄 건데, 현지 니는 무슨 일이 있어도 몸에 꼭 갖고 댕겨야 한다."

"그냥 그것만 하면 돼요?"

"아니, 하나 더 있다. 한국 떠나고 첫 3일 밤, 그리고 돌아오기 전 마지막 3일 밤은 무슨 일이 있어도 머리랑 다리 방향을 거꾸로 두고 자야 한다. 안 그러면 니 가위 눌린데이. 절대 까묵지 마라. 잘못하면 큰일 날 수도 있다."

시키는 대로 하긴 할 거였지만, 사실 이때까지만 해도 이모를 맹신하지는 않았던 것 같다. 오히려 '에이, 설마 진짜 눌리기야 하겠어?' 하며 의심을 했으면 했지.

출국 일자는 뚜벅뚜벅 다가왔다. 일정은 네팔 카트만두로 들어가 인도로 아웃하기로 되어 있었다. 나는 타이항공 티켓을 끊었기 때문에 방콕에서 아홉 시간을 대기해야 했다.

"와, 피곤해 죽겠네."

방콕 수완나폼 공항에 도착했을 때는 늦은 밤. 나는 공항에 도착하자마자 침대형 의자에 누워 잠을 청했다. 다섯 시간을 쪼그리고 있었더니 육신이 미치도록 고단했다. 그리고 나는 피로에 지쳐 중요한 것을 놓쳤다. 이 방콕에서의 새벽이 한국을 떠난 후 맞는 '1일째 밤'이라는 사실을.

훤히 불이 켜져 있는 방콕 공항에서 나는 형광등 불빛을 정면으로 바라본 채 가위에 눌렸다. 사람들이 옆으로 오가는 게 보이고, 옆자리에 누운 여자가 뒤척뒤척 움직이는 게 곁눈으로 다 느껴짐에도 불구하고 나는 조금도 움직일 수 없었다. 굳은 육체 안에 정신이 단단히 갇힌 채로 나는 진한 공포를 견뎠다. 발가락을 꼼지락거리고, 혓바닥을 힘차게 내밀어 가위에서 풀려나긴 했지만, 그때부터 네팔행 비행기를 탈 때까지 단 한숨도 자지 못했다. 무섭고, 두려웠다. 어떻게 이런 일이 실제로 일어날 수 있는 걸까?

다음 날 나는 네팔 카트만두에 있는 4인실 도미토리에 짐을 풀었다. 혼자 있으면 무서울 것 같아 일부러 도미토리로 예약했는데 해가 떨어질 때까지 아무도 입실하지 않았다. 결국 혼자의 밤을 보내게 된 나는 공포에 떨었다.

꾸역꾸역 밤이 찾아왔다. 나는 잠들기 전 이모가 챙겨준 부적과 한 국에서 챙겨온 소금을 단단히 껴안고, 머리와 다리 방향을 반대로 누 운 채 불을 훤히 켜놓고 잠을 청했다.

'시키는 대로 했으니 이번엔 괜찮을 거야. 그런 거 다 미신이야.'

몇 시간만 참으면 아침이 찾아올 거라는 믿음, 잠들어버리기만 하 면 이 밤이 얼른 지나갈 거라는 기도, 그 바람이 무색하게도 나는 자 리에 누운 지 얼마 되지 않아 삽시간에 몸이 굳는 것을 느꼈다. 이번 가위는 태국 공항에서의 그것과는 차원이 달랐다. 나는 가위에 눌려 도 이상한 것이 보인다거나 기이한 소리를 듣는 다거나 한 적이 한 번 도 없었다. 그런데 이번에는 달랐다. 어디선가 시꺼멓고 길쭉한 두 개 의 형체가 서서히 모습을 드러냈다. 그건 흡사, 길다란 기둥과도 같았 다. 무겁고 뜨뜻한 두 개의 기둥은 조금씩 조금씩 내 몸 위에 올라탔 다. 그리고 이마부터 발끝까지 숨도 쉬어지지 않을 정도로 강하게 짓 눌렀다. 그런 공포는 태어나 처음이었다. 길고 검은 두 개의 기둥. 나 는 느낌만으로 그 기둥의 정체가 무엇인지 알아챌 수 있었다. 그건 분 명 뜨겁고 길쭉한 두 다리였다.

눈을 떴을 때는 이미 아침이었다. 가위에서 벗어나려 안간힘을 썼던 것까지만 기억날 뿐, 안심했던 기억이 없는 걸로 봐선 그대로 잠이 들 었거나 혹은 기절했을 것이었다. 전날 보았던 검은 기둥, 두 다리. 만 일 내가 거꾸로 자지 않았다면 어떻게 됐을까? 그랬다면 두 다리가 아닌, 누군가의 얼굴을 보게 되었겠지.

이틀 연속 가위에 눌렸다는 사실만으로도 나는 크게 긴장했다. 그래서 그날 카트만두에서 만나기로 한 한국인 동행에게 연락을 해 최대한 빨리 이곳으로 와줄 것을 부탁했다. 그렇게 3일째 되던 날은 일행과 함께 밤을 보낼 수 있었다. 동행이 생긴 삼 일째 밤에는 가위에 눌리지 않았다. 신기한 일이었다.

시간이 지나면서 가위의 공포는 점점 옅어졌다. 여행은 재미있었고, 나는 그동안 무수한 글을 썼다. 첫 책의 원고가 생성되는 동안, 네팔과 인도에 흠뻑 젖는 동안 다시 출국 날이 서서히 다가오고 있었다.

시간이 흘러 인도를 떠나는 날이 되었다. 나는 '마지막 3일'에 대한 방침을 잊지 않았고, 덕분에 가위에 눌리지 않고 마지막 날을 보냈다. 비행기에 오르기 몇 시간 전, 나는 동행들에게 카톡을 보냈다.

나 꼴까따 공항에서 곧 아웃해. 다들 한국에서 만나자.

나는 남은 데이터로 동행들과 수다를 떤 후, 그날 새벽 한국으로 향하는 비행기에 올랐다. 세 번째 인도 여행은 그렇게 평화롭게 끝이 나는 듯 보였다.

태국을 경유해 한국으로 넘어오는 동안 하루가 지났다. 무사히 인천공항에 도착한 나는 착륙하자마자 한국 유심을 끼우고 핸드폰을 켰다. 데이터가 연결되자마자 쌓였던 카톡이 비처럼 우수수 쏟아졌다.

현지 언니 어디야? 언니 괜찮은 거지!?
딸! 31일 새벽 비행기였지? 지금 비행기 안인 거지?
현지야, 비행기 잘 탔지? 카톡 보면 꼭 답장해 꼭!

뭔가 이상하다고 생각했다. 동행들과 가족이 보낸 카톡을 천천히 확인했다. 그중에는 의문의 기사 캡처본이 있었다.

2016년 3월 31일, 북인도 꼴까따 고가도로 붕괴.
22명 사망, 75명 부상, 100여 명 매몰

소름이 올랐다. 믿을 수 없는 일이었다. 우연한 사고, 아니면 인재. 무엇이 되었든 반나절 전에 내가 서 있었던 곳. 내가 지나갔던 다리. 붕괴된 철근 아래 고통스런 표정을 짓고 있는 사람. 내가 될 수도 있었던 일. 지나간 일을 하나하나 상기했다. 저승 꿈, 빨간색 깃발, 두 번의 독한 가위와 뜨거운 다리, 반나절 차로 비껴간 마지막 날의 사고, 이 모든 것이 정말 우연이었을까?

이모에게 전화를 걸었다. 이미 사고 소식을 접한 보살 이모는 그때 꿈에서 만난 버스 운전사에게 평생 감사하며 살라고 내게 말했다. 그 기사가 아니었다면 어쩌면 너는 이 자리에 없었을지도 모른다고. 그 남자 덕분에 내가 조금 더 살게 된 것이라고.

스리랑카 산기슭, 이런 스산한 바람이 불 때면 나는 어김없이 그날의 기억을 떠올린다. 당시 느꼈던 소름과 공포, 두려움, 그것들은 모두 온기 없는 이 바람과 닮았기 때문에.

2016년 2월, 그날 내가 꾼 꿈은 정말 무엇이었을까? 기사가 살린 나. 그 덕분에 아직 살아있는 나. 살아서 이것을 기록하고 있는 나. 내가 살아야만 했던 이유를, 언젠가는 꼭 그 남자에게 물어볼 날이 오기를 고대한다.

루머 생성자들과 하이랑카

◆
◆

타운에 괴소문이 돌기 시작했다. 누와라엘리야는 작지 않지만 크지도 않기 때문에 홀연히 나타난 이방인 여자에 대한 루머는 빠르게 번졌다. 소문의 맥락은 다양해서 어떤 것은 웃겼고 어떤 것은 황당했다. 루머 생성자들 사이에서 나는 장사꾼이거나 갑부거나 매춘부거나 했던 모양인데, 그중에서 제일 황당했던 건 내가 하이랑카의 주인이라는 것과 그러면서 히란의 숨겨둔 첩이라는 것이었다.

소문은 새로 온 독일 손님이 알려줬다. 타운에서 뚝뚝을 타고 하이랑카로 가달라고 했는데, 기사가 "그 어린 일본인 여자가 운영하는 호텔?"이라고 했다는 것이다. 문장 전체가 오류인 말을 듣다 그만 웃어버렸다. 나보다 히란이 몇 초쯤 더 빨리 웃었다.

히란과 그렇고 그런 사이라는 소문은 그의 절친인 아지트라는 남자가 알려줬다. 아지트는 그와 나를 둘러싼 루머 때문에 상인들과 싸울 뻔했다는데 오히려 당사자인 우리는 아무렇지도 않았다. 너무 아닌 말이라 나는 코웃음을 쳤고, 히란은 이 정도 루머는 루머 축에도 못 낀다며 후비적 귀나 팠다. 그래도 아니 땐 굴뚝에서 나온 말이 천 리를 가는 걸 보고 약간 걱정되긴 했다. 히란은 이미 루머 때문에 익사할 뻔한 경험이 있다. 나는 잠깐 사는 사람이지만 히란은 쭉 살아야 하는 사람이다. 그를 위해서라도 앞으로 조심해야겠다고 무심코 생각하다 대체 뭘 어떻게 조심해야 하는가 싶어 머뭇했다. 애초에 내가 잘못해서 생긴 일은 아니었다. 소문이란 참 근본 없이 태어나 쓸데없이 무럭 자라는 것 같았다.

하이랑카 손님들은 짧게는 하루, 길게는 삼 일씩 머물렀다. 나는 그들의 이부자리를 챙기거나 재떨이를 비우거나 타운의 숨은 맛집을 알려주는 등의 일을 했는데, 때문에 그들은 내가 주인도 직원도 아님을 알면서도 자주 나를 찾았다.

하이랑카에 머무는 동안 인종과 국적에 따른 다양한 군상들을 매일매일 마주했다. 나는 가장 대하기 어려운 사람은 역시 일본인이라는 것에 히란과 의견을 모았다. 일본어를 잘하는 히란과 일본어를 하나도 모르는 나는 각자 다른 언어로 그들을 보살폈는데, 어쩐지 일본인들은 괜찮았다가 안 괜찮고 좋았다가 갑자기 싫어하는 일이 잦았다. 히란은 일본인의 '괜찮아'에는 여러 가지 의미가 있다고 알려줬는데 그들과 영어로 소통하는 나는 한 가지도 제대로 이해하기 어려웠다.

　하루는 중년의 일본인 손님이 찾아왔다. 일본 사람을 좋아하는 히란은 그녀가 오자마자 눈에 띄게 신났다. 그녀는 일식이 너무 그립다며 혹시 주방에서 일본식 면 요리를 끓여 먹어도 되냐고 물었다. 잠시 뒤 히란은 국물에 반찬 하나 없이 면을 건져 먹고 있는 그녀를 발견했다. 밥상이 너무 단출했기 때문에 히란은 혹시 김치가 필요하면 좀 나눠줄까 물었는데 그녀는 너무너무 좋아하며 그래 주면 고맙겠다고 말했다. 그녀는 김치를 받아들고선 내게도 깍듯하게 인사했다. 정말이지 참 예의 바른 사람이었다. 그런데 다음 날 아침 그녀는 돌연 하이랑카를 떠나겠다고 선언했다. 3일 치 지불한 숙소비에서 이틀 치를 돌려주며 히란은 혹시 무슨 불편한 일이 있었느냐 물었다. 그녀는 거의 무표정에 가깝게 웃으며 '그런 거 아니니 신경 쓰지 말라'고 했지만 어쩐지 우리를 똑바로 쳐다보지 못했다. 떠나는 그녀의 뒷모습을 보며 히란과 나는 거의 스무고개를 넘는 기분이 되었다. 히란은 한숨 쉬듯 웃으며 말했다.

"일본인은 상냥해서 좋지만 가끔은 참 어려워. 너～어무 어려워."

　적당히 젠틀하고 알맞게 대우받는 부류는 서양인 손님들이었다. 미주권이나 유럽에서 온 손님들은 죄다 영어를 할 줄 알았고 대부분 젊기 때문에 따로 챙겨주지 않아도 저들끼리 잘 뭉쳐 놀았다. 그들에게 제공하는 서비스라곤 휴지를 챙겨주거나 타운 가는 방향을 알려주는 것뿐이었는데, 그마저도 딱히 묻지 않고 저들끼리 알아서 잘했다. 그들은 가끔 타운에서 먹거리를 사와 하이랑카 식구들에게 나눠주기도 했다. 그들은 히란이나 매니저와 농담도 잘했고 영어를 아예 못하는 엄마에게도 표정과 몸짓으로 젠틀했다. 알아서 잘 지내주는 손님은 진심으로 고마웠다.

하지만 그들은 이따금씩 사고를 크게 쳤다. 스케일이 남달라 가끔은 무서울 정도였다. 하루는 유럽 출신 손님들 곁을 지나다 어떤 냄새를 맡았다. 낯설지만 분명 아는 냄새였다. 머지않아 나는 캐나다에 살 적 자주 맡아본 냄새였음을 번득 깨달았다.

"히란, 별관 손님들 마리화나 하는 거 같아."

히란은 "또?" 하는 표정을 지었다. 약에 취한 손님들은 문간에 드러 눕거나 냉장고에 있는 음식을 닥치는 대로 꺼내 먹거나 아주 이상하게 웃으며 로비를 돌아다녔다. 그들은 침을 흘리거나 미친 듯이 뛰어다니기도 했는데 어쩌다 넘어지면서 세간 살림을 부수기도 했다. 히란이 이 일을 어떻게 처리했는지 나는 알지 못한다. 다만 서양인 손님들이 도미토리에 대거 묵을 때마다 히란은 그들과 은밀하고 심각한 대화를 자주 나누었다는 것만 안다. 나로서는 그저 짐작만 할 뿐이었다.

술이나 약에 취해 울거나 웃거나 소리치는 건 양호한 편이었다. 그들이 저지르는 돌발 행동에 비하면 말이다. 하루는 도미토리 손님들이 자다 말고 혼비백산해 로비로 뛰어왔다. 그 통에 본관에 묵던 손님들까지 모두 잠에서 깼는데 우리는 머지않아 소란의 이유를 알 수 있었다. 남녀가 관계를 하며 내지르는 달뜬 소리가 본관까지 격렬하게 들려왔기 때문이다. 그 소리는 너무나 적나라해 듣는 것만으로도 수치스러웠다. 아이와 함께 여행 중이던 이국의 손님은 노골적으로 불쾌감을 토로하며 어떻게 좀 해보라고 화를 냈다. 이 사태의 전방에 서야 하는 히란은 잠깐 아득한 표정으로 눈을 감았다.

'오, 갓!'

그의 마음속 외침이 여기까지 들리는 것 같았다.

가장 빡센 부류는 역시 인도 출신 손님이다. 인도는 역사적으로 스리랑카와 좋았던 때가 거의 없는데, 그래서인지 그들은 랑칸인 히란과 매니저를 대놓고 하대했다. 스리랑카는 세 가지 인종으로 분류된다. 순수 스리랑칸인 신할리족, 인도에서 넘어온 타밀족, 기타 말레이족과 무어족. 하이랑카는 신할리인 히란과 매니저, 타밀인 엄마로 구성되어 있는데 몇몇 인도인 손님들은 신할리어를 쓰는 히란과 매니저를 대놓고 괴롭혔다. 두 사람의 영어 발음이 구려 못 알아듣겠다고 짜증 낸다거나 유로로 제공되는 다운타운 투어 서비스를 공짜로 해내라는 식이었다.

하루는 인도인 가족이 대거 하이랑카에 묵었다. 그들은 아침 여섯 시부터 밥을 내놓으라고 떠나가라 소리를 질렀다. 조식은 시리얼과 빵으로 간단히 제공된다고 히란이 정중히 거절했지만, 그들은 당장 밥을 내놓지 않으면 트립 어드바이저에 악평을 남기겠다며 엄포를 놓았다. 결국 엄마는 냉장고에 있던 직원용 식재료와 내가 사비로 사둔 감자와 계란을 털어 대가족의 아침상을 차렸다. 어떤 손님에게도 제공하지 않았던 특급 서비스였다. 하지만 막상 음식이 완성되자 그들은 시간이 없다며 몇 입 먹지도 않고 그대로 관광을 떠나버렸다. 여기서 더 못된 건 남은 음식을 아무도 먹지 못하게 마구 섞어버렸다는 거다. 누가 봐도 고의였다.

내가 1층으로 내려갔을 때는 이미 인도 가족이 투어를 떠난 뒤였는데, 나는 엉망이 된 식탁에 앉아 엉엉 우는 엄마와 화를 다스리느라 무서운 얼굴이 된 매니저를 달래느라 오전 시간을 다 썼다. 매니저는 내게 자초지종을 일러바치며 이래도 인도가 좋냐고 재차 물었다.

"인도가 이런 나라야 지아. 알겠니?"

인도 에세이를 쓴 나는 어쩐지 오갈 곳 없는 기분이 되었다. 차마 좋다고 감쌀 수 없는 부분이기도 했다.

그래도 하이랑카는 잘 굴러갔다. 세상에는 희한한 사람도 많지만 어렵지 않은 일본인과 약과 술을 하지 않는 서양인과 교양 있는 인도인들은 훨씬 많았다. 나는 뒤끝 없고 잔정 많은 손님들 덕에 덜 외로웠고, 히란은 본관과 별관을 꽉꽉 채우는 이국 사람들 덕에 통장을 도톰하게 불렸다. 하루도 조용할 날 없는 하이랑카에서 나는 밥도 먹고 잠도 자고 일도 했고, 가끔은 루머에도 휩싸였다. 누구나 왔다가 언제든 사라지는 이 저택은 조그마한 세계와도 같았다. 세계는 원래 시끄러운 법이라 생각하면 퍽 자연스러운 나날이었다.

이방인과 김치

⋮

　무엇을 처음 시도한다는 건 약간 걱정되지만 많이 매력적이다. 망쳐 버릴 확률이 높지만 어쩌면 잘 해낼지도 모르기 때문에. 그러다 정말 잘해버리는 날엔 스스로가 기특해 견딜 수가 없다. 내가 나를 칭찬하는 일은 자주 일어나지 않기 때문에 그런 날에는 반드시 기록을 남긴다. 그리고 여행 중에는 이런 식의 글을 쓸 일이 많다. 어쩌면 나는 스스로를 칭찬하기 위해 여행을 떠나는 건지도 모르겠다.

김치를 만들기로 한 건 먹을 게 없어서다. 누와라엘리야에는 많은 먹거리가 있는데 미안하지만 그렇게 맛있지는 않다. 스리랑카 음식은 짜거나 맵거나 싱거운데 한국인에게 익숙한 짜거나 맵거나 싱거운 맛이 아니기 때문에 자주 당황한다. 다운타운에는 랑칸 레스토랑 외에 양식당도 있지만 전부 100%는 아니다. 크림 파스타에 크림 맛이 안 난다거나 치킨버거에 치킨이 없다거나 양송이 수프에서 향신료 맛이 나는 식이다. 웬만한 결핍은 넘겨준다지만 매번 봐주기는 힘든 맛이다. 떠돌기를 멈추고 머물러 살기 시작해 더 그런지도 몰랐다.

맛있는 걸 먹으려면 호텔 레스토랑에서 많은 돈을 쓰면 됐는데 그럴 때마다 주머니 사정을 신경 쓰는 것 자체가 피로했다. 뭘 먹을지 고민하는 건 귀찮지만 나는 자꾸 배가 고팠기 때문에 결국 음식을 한 번에 많이 만들어 저장하기로 했다. 다행히 한식 중에는 그렇게 먹기 적당한 음식이 명확하게 있었다.

김치 만드는 법은 환에게서 배웠다. 환은 김치가 완성되는 과정을 직접 보여줬는데, 옆에서 알음알음 거들었던 덕분에 혼자서도 할 수 있을 것 같았다. 필요한 재료는 모두 마트에서 샀다. 포기 배추와 소금, 양파, 생강, 마늘 등을 사느라 삼만 원 정도를 썼는데 어쩐지 돈을 쓰고 나니 꼭 성공해야 할 것만 같았다.

하이랑카 부엌에는 있는 것보다 없는 게 더 많기 때문에 웬만한 건 손으로 해야 했다. 양파를 까거나 생강 껍질을 숟가락으로 긁어내는데 눈물이 물처럼 흘렀다. 물기를 소매로 훔치다 소매에 있던 매운 내가 눈으로 옮아 더 많이 울었다. 다행히 김치가 뭔지 아는 히란이 거

들었다. 히란은 깐 마늘을 절구에 빻는 일을 맡았는데 단 몇 번의 손
짓으로 마늘을 즙으로 만들었다. 감도 좋고 힘도 좋은 히란 덕분에
김치는 빠르게 완성됐다. 남은 김칫소로 오이소박이를 만들었다. 이런
걸 오이소박이라고 불러도 될지 모르겠지만 어쨌거나 말이다.

한 통 가득 만들어둔 김치는 나 말고도 많은 이들의 끼니를 책임졌
다. 의외로 김치를 좋아하는 외국인은 많았는데 그중 최고는 중국인
이었다. 도미토리에 묵던 베이징 출신 M은 김치통을 보자마자 정확한
발음으로 '김치'라고 했다. 너무 확실한 김치였기 때문에 기무치나 킴
취가 아닌 게 황송할 지경이었다. M은 한국 드라마에서 김치볶음밥
을 봤다며 혹시 만들어 줄 수 있냐고 물었다. 대신 M은 고국에서 가
져온 보이차를 꺼내왔다. 세계 어디를 가도 차는 중국이 최고라며, 내

겐 밑지지 않는 딜임을 어필했다. 실론티의 본거지에 사는 히란이 옆에서 조금 새초롬한 표정을 했다.

　어설픈 맛이 나는 김치볶음밥을 M과 나눠 먹었다. 동갑내기 M은 자전거로 아시아를 여행 중이다. 누와라엘리야로 올라오는 산길 역시 자전거로 이동했다. 6개월째 여행 중인 M은 다리에 붙은 근육만큼 영어 실력도 탄탄했고 처음 보는 나와도 많은 말을 섞었다. 그녀는 이런 식의 만남이 익숙한 것 같았다. M도 글 쓰는 일을 했다. 음식과 관련한 기사를 써서 신문사에 파는 게 주업이라고 했는데, 아마 푸드 칼럼니스트인 듯했다. 정확하게 발음한 '김치'의 근거를 찾아 고개를 주억이는데 문득 M이 그녀의 칼럼에 내 이야기를 써도 되겠냐고 물었다. 주제가 나인지 내가 만든 김치인지 물으니 둘 다라고 했다. 서현지는 어떻게 그려져도 상관없으나 음식은 조심스러웠다. 김치볶음밥을 먹으며 미각을 예리하게 세웠을 그녀를 상상하니 잠깐 어디든 눕고 싶은 심정이 됐다. 나는 이건 진짜 김치가 아님을, 진짜 김치는 이것보다 몇 배는 좋은 맛이 날 것임을 여러 번 강조하며 허락했다. 우리는 서로의 소재가 되는 것에 합의했지만 어딘가 내 쪽이 크게 손해 보는 기분이 되었다. M의 손에 의해 탄생한 서현지와 김치와 한국은 어떤 모습일까? 궁금하지만 영원히 모르고 싶기도 하다.

　김치를 좋아하는 사람은 중국인 말고도 많았기 때문에 김치통은 빠르게 비었다. 김치는 스리랑카 사람과 캐나다 사람도 좋아했고 일본인들에겐 거의 사랑받았다. 어떤 이스라엘리는 몰래 김치를 꺼내 먹다 걸리기도 했다. 김치를 포크로 찍어 먹거나 물에 씻어 먹는 사람들

틈에서 나는 몇 번이나 김치에 대해 설명했다. 이렇게 우리 것에 대해 말하는 순간마다 나는 내가 한국인임을 실감한다. 김치는 싸이나 방탄소년단보다는 덜 유명하지만 어쨌거나 당장 배를 불려주었기 때문에 적어도 하이랑카 저택에서는 케이팝보다 사랑받았다.

하이랑카 식구인 히란과 매니저와 엄마도 김치를 좋아했다. 김치는 천주교인인 히란과 불교 신자인 매니저와 힌두스탄인 엄마 모두에게 상관없을 음식이었다. 매니저와 엄마는 종교 때문에 가리는 음식이 많았는데 다행히 김치는 식구 중 누구에게도 괜찮았다. 엄마는 여전히 세탁실에서 혼자 밥 먹는 게 더 편한 듯했지만 그래도 내가 김치로 요리를 하는 날이면 꼭 한 테이블에서 같이 먹었다. 뭔가를 나눠 먹는다는 건 퍽 좋은 일이다. 음식을 함께 먹는다는 건 시간과 공간을 나누는 일이기도 하니까. 나는 엄마까지 완벽히 네 가족이 모여 식사하는 날이면 왜 식구라는 단어가 '먹을 식' 자와 '입 구' 자로 이루어졌는지 이해할 수 있을 것만 같았다.

어느 날, 나는 한국을 아주 약간만 아는 사람들과 김치볶음밥을 양껏 나눠 먹은 후 산책을 나섰다. 이제는 타운으로 가는 길 말고도 여러 길을 더 알았다. 나는 하루에 최소 한 시간은 꼭 걸었는데 그때마다 카메라로 누군가를 찍거나 처음 보는 음식을 사 먹거나 가보지 못한 곳으로 갔다가 길을 잃는 방식으로 시간을 보냈다. 이렇게 동네를 한 바퀴 걷고 온 날이면 누와라엘리야가 조금 더 이쪽으로 온 느낌이 들었다. 더 좋은 글을 쓸 수 있을 것 같기도 했다.

어쩐지 윗길로 걷고 싶은 날이었다. 윗길은 오르막이지만 타운보다 조용했기 때문에 몸이나 마음이 좋지 않은 날에 자주 선택했다. 부른 배를 손으로 퉁기며 걷는 동안 많은 풍경이 천천히 지나갔다. 가끔은 사람이나 개나 염소도 보았지만 곁을 스치는 것들의 대부분은 소리나 온도나 혹은 색깔이었다. 새소리, 바람 소리, 나무들이 부딪히는 소리나 푸르른 색감. 나는 공기를 양껏 흡입하거나 나무나 꽃이 예쁘다고 생각하거나 이어폰에서 나오는 음악을 따라 부르면서 위로 위로 걸었다.

누와라엘리야에는 꽃이 많다. 길가에 핀 빨강 사루비아를 보며 서
로 꿀을 빨겠다고 짝꿍과 싸우던 초딩 시절을 떠올리며 부끄러워하고
있던 중 어디서 목소리가 들렸다.

"한국 사람이다!"

시선이 향한 곳엔 웬 까만 스리랑칸 하나가 양팔을 세차게 흔들고
있었다. M의 김치만큼이나 너무 진짜의 한국말이었다. 외국인이 한국
말을 너무 잘하면 왠지 무서운 기분이 든다고 생각할 무렵, 소리의 근
원이 이쪽으로 달려왔다. 그가 입고 있는 후드티에는 익숙한 건설사
이름이 내 나라말로 적혀 있었다.

싸장님 나빠도 한국 사람 좋아요

✦

한국말을 엄청 잘하는 남자의 집에 갑자기 초대됐다. 남자는 넓은 마당이 달린 이층집에 살았는데 어쩐지 2층은 짓다가 말았다. 거실에서 남자와 떠드는 동안 그의 부인은 마실 것과 씹을 것을 내왔다. 테이블 위에 거의 밀크에 가까운 밀크티와 바삭해 보이는 과자가 놓였다. 구석엔 까맣고 작은 아이들이 머리를 빼꼼 내밀었다 집어넣길 반복했다. 가끔 저들끼리 키득거리기도 했다. 내가 무섭지 않은 모양이었다.

스스로를 '우파리'라 소개한 남자는 예상대로 한국에서 오래 일했다. 스리랑카에 돌아온 이후 한국인을 보는 건 처음이라며 그는 말하고 싶어 죽겠다는 표정으로 계속 말했다. 그는 웬만히 말주변 없는 한국인 만큼이나 말을 잘했는데, 가끔은 너무 한국인같이 굴어 깜짝깜짝 놀랐다. 예로 들면 "똥 뀐 놈이 성낸다."라든가 "밥 먹고 누우면 소된다."라는 표현들이 그랬다. 나는 똥 뀌고 성을 내는 우파리와 밥 먹고 소가 되어버린 우파리를 상상하며 이야기를 들었다. 우유가 많이 들어간 밀크티는 생각보다 맛있었다.

"한국에 가려고 공부 열심히 했어요. 한국에 가기 너무 어려워요."
한국으로 가기 전 우파리는 열심히 공부했다. 한국행 워킹 비자는 한국어를 읽고 쓰고 듣고 말할 줄 아는 사람만 받았다. 한국어는 눈으로도 귀로도 입으로도 어려웠기 때문에 우파리는 자주 벽 앞에 섰다. 그래도 계속 공부했다. 그에게는 결혼한 부인이 있었고 그녀의 뱃속에는 딸이 자라고 있었다. 우파리는 가난해서 불행했던 적은 없지만 아이에게 비루한 삶을 굳이 물려주고 싶지는 않았다. 가난이란 원래 나는 겪어도 자식에겐 그림자조차 비춰선 안 되는 것이었다. 우파리는 낮에는 일했고, 그 시간을 제외한 나머지는 공부하는 데 썼다. 공부란 건 많은 시간이 필요하지만 쌓은 것들이 바로 만져지지는 않았기 때문에 자주 허공을 걸었다. 걷다가 넘어지고 그래도 다시 걷다 또 넘어졌다. 그럴 때마다 우파리는 공부란 참 고되고 기막힌 것이라고 생각했다.

우파리는 인천공항에 발 딛던 순간을 오래도록 기억했다. 지독하게 추웠던 날씨와 놀랄 만큼 차가웠던 한국 사람들의 얼굴을 기억했다. 한국 사람들은 너무 크고 창백하고 바빴다. 우파리는 계약된 비닐공장에 도착하자마자 짐 풀 시간도 없이 일부터 했는데 매일 만지고 뽑고 들었다 내리는 기계보다 한국인들이 훨씬 더 기계 같았다. 한국인들은 웃지도 말하지도 않고 일만 했다. 그래서 빨리 일하고 많이 일하면서도 실수하지 않았다. 우파리는 한국이 빨리 발전한 이유는 어쩌면 덜 말하고 덜 웃어서일지도 모르겠다고 생각했다.

비닐공장에서의 시간은 힘들었지만 돈을 번다 생각하면 좋았다. 일주일에 7일을 일해도 30만 원도 못 벌었던 고국에서의 벌이를 생각하면 기꺼이 견딜 만했다. 생각해보면 태어나서 힘들지 않은 일을 한 적은 한순간도 없었다. 언제나 무겁거나 무서운 일을 했고, 그러면서도 가난했다. 똑같이 힘들게 일해도 더 많이 주는 한국은 좋았다.

하지만 어쩐지 약속된 날짜가 되어도 돈이 들어오지 않았다. 들어오기는 했는데 아주 적게 들어왔다. 사장은 우파리가 공장에 피해가 갈 만한 치명적인 실수를 했기 때문이라고 설명했다. 우파리는 실수하지 않기 위해 노력했지만 다음 달도 월급은 같았다. 된통 당했다는 걸 깨달았을 때는 이미 3개월이 넘었을 때였는데, 사장은 오히려 당당하게 나왔다. 법적으로 문제 될 것 없으니 불만 있으면 나가란 식이었다. 한국은 너무 컸고 도와줄 사람은 없었다. 우파리는 다시 벽 앞에 섰다. 그는 한국이 빨리 발전한 이유는 어쩌면 이따위로 살아서인지도 모르겠다고 생각했다.

비닐공장에서 나온 후 그때부터 경기도와 경상도를 떠돌았다. 한국에는 공장이 많았고 생각보다 일할 곳도 많았다. 일은 온라인 커뮤니티를 통해 구했다. 먼저 자리를 잡은 스리랑칸 노동자들이 커뮤니티를 통해 일자리 정보를 제공했다. 돈 안 주고 욕 많이 하는 공장은 블랙리스트에서 확인하고 일찌감치 걸렀다. 처음에는 돈 안 주는 것만 싫었는데 갈수록 욕하는 것도 싫었다. 한국말에 입과 귀가 트이기 시작했을 때다. 알아듣는 게 많을수록 한국은 참 이상했다. 돈 말고는 가진 게 아무것도 없는 나라 같았다.

유리 공장이나 부품 공장은 비닐보다 크고 무겁고 위험한 것들을 취급했지만 그래도 괜찮았다. 진짜로 돈을 벌기 시작했기 때문이다. 우파리는 하루에 열다섯 시간씩 주 6일을 일하고 달에 200만 원을 받았다. 받은 돈은 생활비만 남기고 모두 스리랑카로 보냈다. 부인과는 편지나 이메일을 통해 연락했는데 우파리가 보낸 돈으로 첫째가 무럭 크고 있다는 말을 들었을 때는 큰 소리로 울었다. 정말이지 이 순간을 위해 살아온 것만 같았다. 한국말은 어렵고, 한국 사람은 이상하고, 김치에서는 프로판가스 냄새가 났지만 다 괜찮았다. 아이를 생각하면 속에서 무언가 자라는 것 같았다. 부모가 된다는 건 조금씩 강한 사람이 되어가는 것일지도 모르겠다고 우파리는 생각했다.

한국 사람들과 교류가 생긴 건 조금 더 뒤의 일이다. 집에 많은 돈을 보낼 수 있게 됐을 때, 너무 목숨 바쳐 일하지는 않게 됐을 때, 숟가락으로 밥 먹는 게 익숙해졌을 때쯤 대구에서 한 한국인을 만났다. 같은 공장 상사였던 남자는 우파리에게 욕도 안 했고 용돈도 줬고 가끔 밥도 사줬다. 우파리는 불교도였지만 그래도 남자가 사주는 삼겹살은 먹었다. 남자와 밥 먹는 건 매번 좋았다.

우파리는 어느 봄날 남자와 함께 영남대학교로 놀러 갔다. 교정에는 조그맣고 예쁜 꽃잎이 흐트러지게 날리고 있었는데 세상에 그렇게 예쁠 수가 없었다. 우파리는 남자에게 꽃의 이름을 물었다. 남자는 우파리에게 '벚꽃'이라고 알려줬다. 꽃이란 단어는 알았기 때문에 '벗'만 검색해봤는데 친구라는 뜻이었다. 우파리는 친구꽃이 피는 한국이 조금 좋아졌다. 친구꽃은 봄에만 피었고, 한국의 봄 날씨는 누와라엘리야와 비슷했기 때문에 벚꽃이 피는 동안 우파리는 한국에도 있고 누와라엘리야에도 있었다. 친구꽃이라는 말은 정말이지 너무 예뻤다.
어느 날 우파리는 남자에게 물었다.
"한국 싸장님들 왜 스리랑카 사람 싫어해요? 왜 욕을 해요?

우리 아무 잘못 안 했어요."

남자는 말했다.

"못 배워가 그칸다."

어딘가 이상했다.

"아니에요. 싸장님 대학교에 다녔어요."

"대학 나오면 뭐하노. 덜 배았는데. 고마 인간이 되다 만기지."

덜 배웠다는 말은 어딘가 통쾌했다. 그 어떤 욕보다도 진짜의 복수 같았다. 남자는 사장보다 우파리가 더 배운 사람이라고, 더 똑똑한 사람이 이해하라고 했다. 어쩐지 우파리는 고개를 세차게 끄덕여버렸다.

우파리의 손끝에서 반짝이는 유리와 차와 반듯한 창틀이 완성될 동안 시간은 재깍재깍 흘렀다. 우파리가 한국에서 네 번째 첫눈을 맞이할 무렵, 비 오는 날 소주나 막걸리가 생각날 무렵, 젓가락으로 김치를 능숙하게 찢어먹게 되었을 무렵 드디어 우파리의 비자 기한이 끝났다.

우파리는 한국을 떠나던 날 남자와 통화하며 많이 슬펐다. 남자는 우파리의 친구이기도 했지만 한국을 조금 더 이쪽으로 끌어당겨 준 사람이었다. 생각해보면 사장님 빼고는 다 괜찮지 않았나 싶었다. 사장님은 원래 세계 어디를 가나 많이 욕하고 많이 욕먹는 존재니까. 우파리는 남자 덕분에 덜 배고프고 더 재미있었다. 한국이 이런 한국이라서 다행이라고 생각했다. 우파리는 나중에 벚꽃이 벚꽃이 아니었다는 걸 알았지만 끝까지 모른 척했다. 남자는 우파리에게 많이 배운 사람이고 벚꽃은 여전히 친구의 꽃이기 때문이다.

"일 열심히 해서 스리랑카에서 돈 많아요."

수명의 일부를 한국에 바친 대가로 우파리는 누와라엘리야에 집과 마당과 뚝뚝과 오토바이를 얻었다. 번 돈의 반은 집을 짓는 데 썼고 나머지 반은 아이들을 위해 저금했다. 그러느라 집은 1층까지만 완성했다. 나머지는 뚝뚝 기사로 돈을 벌어 차차 지어나갈 것이다. 2층이 완성되면 게스트하우스를 열 예정인데 한국 손님만 특별히 할인해 줄 거라고 했다.

우파리가 말했다.
"한국 사람이 너무 좋아요."
나는 속으로 생각했다.
'나도 당신이 너무 좋아요.'

나는 몇 년 뒤 다시 스리랑카로 돌아와 하이랑카가 아닌 우파리네 집에 묵는 상상을 했다. 안 삐진 척 삐진 히란의 얼굴을 상상하니 조금 웃음이 나왔다. 그러고 보니 두 사람은 닮은 곳이 많았다. 히란에게 우파리를 소개해주면 어떨까? 왠지 두 남자는 좋은 친구가 될 수 있을 것 같았다.

　며칠 뒤 나는 김치와 과자와 깜찍한 드레스를 한 벌 사 들고 우파리
네 집을 찾았다. 우파리네 가족이 저녁 식사에 초대했기 때문이다. 우
파리는 매운 찜닭과 감자가 들어간 볶음밥과 진라면을 양푼이 가득
끓여둔 채 기다리고 있었다.

　"한국 음식이가 많이 먹고 싶지요?"

　한국을 미워했던 사람이 만들어 준 한식을 먹으며 나는 조금 울고
싶은 기분이 되었다. 그래서 나무젓가락으로 띵띵 불은 면을 집어먹
으며 왠지 미안하다고 말해버렸다. 어쩌면 그의 이야기를 처음 들었을
때부터 하고 싶었던 말일지도 몰랐다. 우파리는 내가 사 온 과자와 막
내딸의 드레스를 펼쳐 보이며 웃었다. 왠지 우파리는 내가 왜 그러는
지 알 것만 같았다. 그는 대학은 안 나왔지만 그래도 많이 배운 사람
이니까.

자간트와 학원

한국말을 하고 싶을 때는 김을 만났다. 김은 코이카에서 정해준 일정대로 움직이기 때문에 웬만하면 학교에 있었다. 수업이 끝날 즈음 학교로 찾아가면 베레모를 쓴 채 조금 피곤하게 앉아 있는 그를 볼 수 있다. 그와 함께 밥을 먹거나 커피를 마실 때면 늘 새로운 장소를 알게 되었다. 김은 누와라엘리야 곳곳에 숨겨진 맛집을 잘 알았다. 그는 지난 1년간 성공했거나 실패한 음식점 정보들을 왕왕 말해 주었는데 그럴 때마다 혼자 맛있어하고 맛없어했을 김의 모습을 상상하며 조금 안쓰러운 마음이 되었다.

대부분 김과 둘이 만났지만 가끔은 그의 학생이나 지인을 동반해 만났다. 어느 날 김은 중년의 스리랑칸을 소개했다. 타밀족이자 엄청난 재력가인 남자는 무엇보다 한국말을 잘했다. 그의 정확한 문장을 들으며 나는 왠지 그가 우파리와는 조금 다른 경로로 한국어를 익히지 않았을까 생각했다.

"반갑습니다. 자간트입니다."

자간트는 서울대학교를 졸업했다. 그는 우파리처럼 여러 지역에 살아보지는 않았지만 표준 억양과 사투리 억양을 구분했다. 그는 몇 마디 나눠보지 않고도 내가 경상도에서 왔음을 알았다. 자간트는 스리랑카에서 한국어를 가르쳤다. 김이 공공기관 소속 봉사자라면 자간트는 개인 이름으로 사설 학원을 운영했다. 유료로 운영하는 곳이라 시설도 좋았고 결석하는 학생도 적었다. 애초에 많이 가난한 학생은 등록할 수 없는 곳이었다. 자간트는 한국어도 가르쳤고 컴퓨터도 가르쳤다. 컴퓨터를 할 줄 알면 한국에서 할 수 있는 일이 많았다. 어쩌면 몸을 쓰지 않고도 돈을 벌 수 있을지 몰랐다.

자간트는 에어컨과 히터 시설이 완비된 좋은 건물에서 학생들을 가르쳤다. 사설 학원은 김이 겨우 이뤄놓은 교실보다 훨씬 컸고 깨끗했다. 교실에 들어서자 학생들이 벌떡 일어나 한국말로 인사했다.

"안녕하세요! 환영합니다!"

키가 껑충 큰 학생들이 너무 유치원생처럼 인사해 나는 조금 웃어 버렸다. 너무 정석적인 인사라 귀엽기도 했다. 애초에 학생이래 봤자 나와 같거나 비슷할 나이였다. 김의 교실에는 여학생뿐이었는데 자간 트의 학원에는 웬만해선 남학생들이었다. 김은 현재의 스리랑카가 딱 1970년대의 우리나라 같다고 설명했다. 없는 집 여자아이는 굳이 배울 필요 없고, 그래도 정 배우고 싶다면 무료 시설을 찾아가는 식이라고 했다. 그렇게 찾아오는 학생들을 공짜로 가르치는 사람이 김이었다. 사설 학원을 다니는 여학생은 그래서 드물었다.

자간트의 권유로 김과 나는 그의 수업에 참관했다. 자간트는 한국 어를 못 해본 경험이 있기 때문에 누구보다 잘 가르쳤다. 최초의 기억 이 시작될 무렵부터 한국어를 할 줄 알았던 나와 김과는 자모음에 접근하는 방식부터 달랐다. 자간트는 외국인이 한국어를 발음할 때 어디를 틀리는지도 알고 왜 틀리는지도 알았다. 모국어 화자가 아닌 사람에게 한국어는 어느 것도 당연하지 않았다. 참새가 짹짹 울고 시냇물이 졸졸 흐르는 것조차 외워야 하는 사람들이었다. 안타깝게도 한국어에는 너무나 많은 의성어와 의태어와 존댓말과 반말과 조사와 부사와 장음과 단음이 있었는데 이것들이 깡그리 시험에 나온다는 사실은 거의 재앙이었다.

학생들은 한국말을 제법 했지만 독해 파트는 거의 틀렸다. 독해 지문은 토익에 나오는 장문 해석 문제와 비슷한 느낌을 줬는데, 왠지 읽기도 전에 미리부터 싫었다. 많이 틀리고 가끔 맞히는 문제를 학생들은 열심히도 풀었다. 모르는 단어는 나와 김에게 물었다. 나는 아는 대로 최대한 설명했지만 다리와 다리, 차와 차, 밤과 밤 같은 동음이의어를 물어볼 때는 꼬옥 안아주고 싶은 심정이 되었다. 날 때부터 한국어를 물고 태어난 건 아무래도 행운에 가까웠다.

그래도 듣기 파트에서는 꽤 도움을 줄 수 있었다. 김과 나는 남녀로 나눠 지문을 읽는데 우리가 말하기 시작하자 학생들은 거의 존경에 가까운 시선을 보냈다. 한국어를 잘해서 멋있어질 기회는 한국에서는 쉽게 얻기 힘들기 때문에 우리는 최선을 다했다. 자간트 학원에 온 이후 가장 쓸모 있어진 순간이기도 했다.

김과 자간트와 나는 이후로도 여러 번 만났다. 한국말을 하고 싶은 건 자간트도 마찬가지였기 때문에 우리는 커피나 밥이나 빵을 먹으며 시간을 보냈다. 커피숍은 주로 김이 소개했고 현지인들만 아는 맛집은 자간트가 데려갔다. 우리 중 가장 최근부터 살기 시작한 나는 조용히 두 사람을 따라다녔다. 따라다니기만 해도 좋은 나날들이었다.

응급실

　타운에서 햄버거를 사 먹었는데 먹자마자 10분도 되지 않아 잠이
쏟아졌다. 속이 무척 메스꺼웠다. 몸에 힘이 풀리고 시야가 흐려졌기
때문에 나는 구토 증상을 겨우 참으며 집으로 돌아왔다. 그리고 방에
도착하자마자 쓰러졌고 14시간 만에 정신을 차렸다. 다음날 속이 여

전히 안 좋고 머리가 핑핑 돌았기 때문에 구급차를 불러 응급실로 갔다. 히란은 없었고, 매니저는 너무 바빴고, 엄마는 영어를 못했기 때문에 구급차에는 혼자 탔다.

스리랑카 응급실은 열악했다. 침대가 모자라 환자들은 의자며 바닥에 되는대로 앉아 있고, 간호사와 의사들도 정신없이 뛰어다녔다. 창문은 꽉 닫아두었지만 유리창이 깨져 그러나 마나였고 구급 용품들은 위생이 의심될 정도로 입구가 열려 있거나 사용한 솜과 그렇지 않은 솜의 경계가 아슬아슬하게 걸쳐져 있었다. 아파 죽겠는 환자는 나뿐이 아니었기 때문에 다들 의사나 간호사를 붙잡고 사정하거나 화를 냈다. 응급실이 정신없는 건 한국이나 스리랑카나 비슷한 것 같았다.

밀린 환자가 많았지만 그래도 외국인이라 순서는 빠르게 다가왔다. 나는 구역질을 참으며 현재 상태를 설명했다. 속이 안 좋고, 머리가 어지럽고, 온몸에 힘이 없어요. 지금 말도 거의 쥐어 짜내서 하는 거예요. 의사는 뎅기열이나 말라리아를 의심했지만 나는 아닐 거라고 말했다. 나는 뎅기열을 앓아본 적이 있다. 뎅기는 열부터 빠르게 오르고 이것과는 비교도 되지 않을 만큼 아프다. 이것과는 전혀 다른 증상이었다. 사실 나는 다른 쪽을 의심하고 있었다. 음식에 수면제를 타기절시킨 뒤 나쁜 짓을 하는 인간들은 세계 어디에나 있었으니까. 그런 일은 여행자라면 누구나 겪을 수 있는 일이고 실제로도 당한 사람이 많으니까. 나는 햄버거에 문제가 있었을 거라고 확신했지만 의사는 코웃음을 쳤다.

"요즘이 어떤 세상인데 그런 짓을 하겠어요. 스리랑카가 얼마나 정직한 나라인데."

나는 요즘이 어떤 세상인지는 내가 더 잘 알지도 모른다고 소리치고 싶었지만 참았다. 의사는 간호사에게 수액 한 팩을 놔줄 것을 지시하고 다른 환자에게로 가버렸다. 뎅기가 아니라면 그저 가벼운 몸살 감기 따위일 거라 생각한 게 분명했다. 아니 햄버거를 먹자마자 바로 이렇게 됐다니까요? 먹고 나서 곧장 기절했다고요! 아무리 설명해도 소용없었다. 영어를 알아들은 간호사들은 진심으로 그럴 리 없다는 표정으로 키득키득 웃었다. 수액 한 팩을 다 맞을 때까지 나는 억울해서 부들부들 떨었다. 황당한 건 수액을 맞자마자 속이 괜찮아졌다는 데 있었다.

응급실을 제 발로 휘청휘청 걸어 나오면서 생각했다. 다시는 그 햄버거 가게엔 가지 않겠다고. 스리랑카를 온전히 믿고 싶은 마음이 발걸음과 함께 이리저리 흔들리는 것 같았다.

제값 받고 일하기까지 걸린 시간

너무 추웠다. 전날의 여파 때문인지 일어나자마자 온몸을 떨었다. 드라이기를 켜 몸을 녹이고 싶었지만 나는 드라이기 대신 컴퓨터를 켰다. 메일 확인할 시간이 지나서 일어났기 때문이다.

한국과 스리랑카의 시차는 3시간 30분. 한국이 빠른 쪽이다. 한국 기업으로부터 일감을 받는 나는 마감일이 되면 세계 어느 나라에 있든 한국인들의 출근 시간 즈음엔 컴퓨터 앞에 앉아야 한다. 신문사 직원들은 시간관념이 칼 같기 때문에 출근과 동시에 작업물을 확인한다. 피드백 또한 빠르다. 때로는 감당이 안 될 만큼의 수정 사항을 불러주기도 한다. 너무 부지런한 클라이언트를 만나면 그래서 피곤하다. 많이 일한다고 돈을 더 주는 것은 아니기 때문에 나는 가끔 게으르고 무능한 의뢰인을 만나길 바라기도 한다.

이번 의뢰인은 신문사 특집면을 담당하는 기자다. 13주 동안 일주일에 한 번 인도를 주제로 한 칼럼을 보내기로 계약했다. 마감은 매주 목요일인데 담당자가 출근하자마자 메일을 확인하기 때문에 사실상 수요일까지라고 보면 된다. 이번 주제는 인도의 마하발리푸람이다.

인도는 내가 가장 좋아하는 나라지만 일로 만날 때는 피곤하다. 마냥 아름답게만 써줄 수는 없는 나라라서 그렇다.

새벽까지 작업한 결과물을 메일로 보낸 뒤 잠깐 눈을 붙였는데 정신 차려보니 9시가 넘어 있었다. 이미 한국은 점심시간일 것이다. 아이디와 비번을 치고 들어가자 메일 몇 개가 와 있다. 눈꺼풀을 떨며 발신자를 훑었다. 광고메일, 친구가 보낸 메일들 속 다행히 담당자의 이름은 없었다. 담당자는 9시 10분에 메일을 확인했지만 아무 피드백도 주지 않았다. 수정할 것이 없다는 뜻이다. 크게 안심하며 전원도 끄지 않은 채 노트북을 덮었다. 고칠 게 없다는 건 이렇게 좋다. 수정 사항이 없다는 게 꼭 완벽한 글이라는 뜻은 아니겠지만 어쨌거나 말이다. 노트북을 저만치 밀고 다시 이불 속으로 들어갔다. 정말이지 일하기 싫은 날이다. 비까지 와서 더 그런 것 같다.

아점은 엄마가 만들어둔 스리랑카식 커리로 해결했다. 나는 이제 아침을 먹지 않는다. 방값에는 조식비도 포함되어 있지만 사과나 파파야나 계란 올린 토스트는 이제 물렸다. 대신에 느지막이 엄마가 해둔 아점을 먹었다. 밥솥을 열어 맨밥을 푸고 그 위에 엄마가 만든 커리를 두 숟갈 정도 올린다. 대부분은 김치를 꺼내 곁들여 먹지만 고춧가루가 안 당길 때는 밥과 커리만으로 해결한다. 식구들 몫의 밥을 축내는 대신 주에 한 번 쌀통이나 야채 통을 채웠다. 쌀은 히란이 사다 두는 것과 같은 종으로 새 쌀을 보태 놓는다. 스리랑카 쌀은 얼마 하지 않았고 적은 돈으로도 많이 살 수 있었다. 이제 마트 직원들은 나와 히란이 한집에 사는 것도 알고 무슨 쌀을 먹는지도 안다.

식구들은 대체로 나를 내버려 두었다. 허락 없이 밥을 퍼먹어도, 김치를 만드느라 소금을 왕창 써도 혼내지 않았다. 놀다가 아주 늦게 들어오는 것만 아니면 전화도 하지 않았다. 그러면서도 내가 집에 들어올 때까지 안 자고 기다렸다. 우리는 한집에 살았지만 따로 있었다. 따로 있다가 가끔은 같이 있었다. 살기에 참 적절하고 사랑스러운 이들이었다.

그래도 내가 홍차를 자주 마시지 않는 건 이상하게 생각했다. 세 사람은 아침에 눈 뜨자마자 홍차로 하루를 시작했다. 홍차 취향은 모두 달랐다. 히란은 떫은 차만 마셨고, 매니저는 향이 좋은 것만 마셨으며, 엄마는 잔뜩 가향된 차만 취급했다. 고급 실론티를 마시며 자라온 세 사람에게 하루에 딱 한 번만 차를 마시는 나는 이상했다. 히란은 자주 말했다.

"지아. 스리랑카에서 누와라엘리야 차가 제일 고급이야. 있을 때 많이 마셔야 돼."

마감 기한을 맞추느라 빈속에 노트북을 두들기고 있으면 꼭 누군가는 다가와 찻잔을 내밀었다. 히란이거나 매니저 혹은 엄마일 때도 있었다. 세 사람 덕분에 나는 각기 다른 맛이 나는 홍차를 돌아가며 마셨다. 이 집에서 받는 유일한 간섭이자 내가 제일 좋아하는 관심이기도 했다.

비 오는 누와라엘리야는 춥지만 그래도 일하기엔 좋았다. 담요를 몸에 감고 노트북을 챙겨 2층 거실로 나갔다. 거실 소파는 하이랑카에서 제일 크면서도 비싼 소파였다. 몇 주 전 프랑스에서 온 여자들이 몰래 키스하던 장소이기도 했다. 곧 마감해야 할 칼럼이 한 편, 검토할 콘텐츠가 한 건 있었다. 여행 중에 하는 노동은 귀찮지만 돈이 생기는 수단이기 때문에 어쨌거나 해야 했다. 대부분은 글 쓰는 일이지만 가끔은 사진도 찍는다. 잘 찍힌 사진에 글을 잘 버무리면 완성도가 쑥 올라간다. 운이 좋은 날에는 고료가 몇 배씩 뛰기도 한다. 주로 여행 관련 일을 하지만 가끔은 전혀 상관없는 기업에서 뜬금없는 의뢰를 받을 때도 있다. 원고료나 강연료는 그때그때 다르다. 많이 받을 때도 있고 거의 안 받을 때도 있다. 좋아하는 일을 하며 나를 먹여 살리는 건 퍽 좋은 일이다. 그 행운을 잡은 것에 아주 감사한 마음이 될 때가 많다.

처음부터 제값을 받고 일했던 건 아니다. 일을 시작한 지 얼마 안 됐을 때는 밤새워 쓴 글을 고작 몇만 원에 팔기도 했다. 외식 두어 번이면 사라질 돈이었지만 그래도 좋았다. 글을 써 번 돈이었으니까. 운 좋게 내가 쓴 글이나 사진은 자주 포털 메인에 올랐고 그럴 때마다 요란을 떨며 가족이나 지인에게 링크를 보내 자랑했다. 첫 책이 나온 뒤 포털 사이트에 프로필이 등록됐을 때는 진심으로 좋았다. 당장 통장에 꽂히는 돈이 없더라도, 무럭 자란 내가 기특해 하루에도 몇 번이고 SNS에 자랑질했다. 전시할 거리가 있는 건 뿌듯했다. 나는 사람들이 남긴 댓글을 넙죽 받아먹으며 차곡차곡 자랐다.

하지만 뿌듯함만으로 글 쓰는 건 역시 힘들었다. 책이 출간되고 정식 작가가 되었지만 나는 여전히 못 벌었다. 일이 부쩍 늘었는데도 그랬다. 전에 받던 금액은 말도 안 되게 적었기 때문에 빨리 지쳤다. 결국 마음을 크게 먹고 고료를 올려달라 말도 해봤는데 단칼에 거절당했다. 의뢰인은 가소롭다는 목소리로 말했다.

"다른 작가님들도 다 이 정도만 받아요. 좋은 마음으로 봉사 활동한다고 생각하면 될 텐데 왜 그렇게 까다롭게 구세요?"

어쩐지 나는 돈에 환장한 사람 취급을 받았다. 속에서 불이 올라왔지만 그래도 꾸준히 헐값에 노동했다. 묵묵히 하다 보면 더 좋은 일거리가 들어올 거라 믿었다. 운 좋다면 이 사람이 나를 다른 업체에 소개해줄지도 모르니까. 프리랜서는 원래 다 배고픈 거라 생각하면 조금 위안이 됐다.

더 이상 이런 식으로 일할 수는 없겠다고 다짐하는 순간은 금방 찾아왔다. 기존 의뢰인이 아주아주 낮은 금액으로 나를 다른 회사에 소개해주었다. 새 업체에서는 '회사 사정이 어려워서'로 운을 뗀 뒤 "많이는 못 드려요."라는 말로 문장을 끝냈는데 대화의 말미에 제시된 금액을 듣고 나는 분노하고 말았다. 원래 받던 것의 반도 안 되는 금액이었다. 집으로 돌아오는 길에 나는 꼴사납게 울어버렸다. 어이가 없어 한숨을 푹푹 내쉬면서 계속 울었다.

이후로 나는 하던 일을 반으로 줄였다. 상식 이하의 페이를 제시하는 업체는 정중히 거절했다. 페이도 적으면서 무례하기까지 한 업체는 일찌감치 걸렀다. 일이 끊기더라도 품삯을 그런 식으로 받고 싶지는 않았다. 세상에 이상한 사람은 아주 많았고 그러면서 당당하기까지 한 사람은 더 많았다. 일정 조정까지 다 해놓고 재능 기부 형식이라 페이는 못 준다는 업체도 있었고, 초청이란 명목으로 왕복 네 시간 거리를 무보수로 와주길 바라는 회사도 있었다.

단호하게 행동할수록 일거리는 줄었지만 대신에 시간이 생겼다. 그 시간에 더 나은 글을 써 좀 더 비싼 값에 팔았다. 적게 일하고 적당히 받는 건 좋았다. 나한테도 좋았지만 클라이언트한테도 그럴 것 같았다. 일과 돈과 시간 사이의 균형을 잡을수록 몸도 덜 힘들었고 수정도 덜 들어왔다. 수정 사항이 줄어들면 마음에 여유가 생기기 때문에 더 많이 일할 수 있다. 인맥은 늘려나가는 거라고 배웠는데, 오히려 잘 좁힐수록 생활은 윤택해졌다. 그렇게 밀거나 당겨서 따낸 일거리로 나는 돈을 벌었다. 번 돈은 밥이나 옷이나 비행기 표로 교환되기도 하고, 가끔은 딸 노릇이나 친구 노릇을 하는 데 쓰이기도 했다.

스리랑카에서 번 돈은 모두 방값과 식비로 쓰였다. 페이가 들어오는 날이면 교회나 성당에 헌금을 하거나 새 옷을 사 입거나 하이랑카 식구들에게 맛있는 걸 사줬다. 중간에 일이 끊기면 개인실을 비워주고 도미토리로 내려와야겠지만 다행히 아직까지는 괜찮다. 뜻하지 않게 일이 줄더라도 그래도 스리랑카에 있는 동안은 하이랑카에 있고 싶다. 이 집은 살기에도 일하기에도 좋은 공간과 사람들이 있으니까.

홍차에서 조금 떫은 맛이 난다. 가져다준 건 매니저지만 차를 내린 사람은 히란일 것이다. 해야 할 일이 있지만 그래도 홍차를 홀짝이며 이 글부터 썼다. 좋은 차도 마시고 노동에 대한 감사도 마쳤으니 이제 돈을 벌어야겠다. 왠지 좋은 글을 쓸 수 있을 것 같다.

교회와 사람들

◆
◆

    아무도 만나지 않는 날에는 주로 산책을 했다. 그러다 보면 꼭 누구를 만난다. 최근에는 동네를 걷다 교회 하나를 발견했다. 너무 교회같이 안 생긴 교회라 정체를 알고 조금 당황했다. 교회 앞마당에는 수학 수업이 진행되고 있었다. 호기심에 서서 구경하다 선생님과 눈이 마주쳤다. 마음씨 좋게 생긴 선생님이 들어와도 된다고 손짓했다. 나는 기다렸다는 티를 팍팍 내며 빈자리에 앉았다.

    학생들은 우리나라 나이로 열네 살이었다. 나는 태어나서 수학을 잘했던 적이 한 번도 없지만 그래도 이 정도는 풀 수 있을 것 같아 풀이에 도전했다. 종이와 볼펜은 아이들이 빌려줬다. 옆자리에 앉은 학생은 곁눈질로 내 풀이 과정을 수시로 훔쳐봤다. 아이는 눈을 사선으로 뜨고 계속 피식거렸는데 처음에는 살며시 웃다가 나중에는 꺄르륵 웃었다. 접근부터 틀려먹은 모양인데 덕분에 많은 아이가 헤실거렸다. 그것만으로도 왠지 내 몫을 다 해낸 느낌이었다. 한국어를 할 때와 수학 문제를 풀 때의 나는 전혀 다른 취급을 받았는데 생각해보니 그건 한국에서도 마찬가지였다.

　수업이 끝나자 목사님이 다가와 인사했다. 날 때부터 성당을 다녀 요안나라는 세례명까지 있는 나는 조금 어색한 마음으로 그와 인사했 다. 목사님은 정기 예배 시간을 제외한 나머지 시간은 모두 학생들을 위해 무료 수업을 진행한다고 했다. 동네에는 가난한 아이들이 많고 미처 학생이 되지 못한 이들이 수두룩했다. 그런 아이들을 위해 교회 에서는 수학과 영어 그리고 과학 수업을 진행했다. 때에 따라선 미싱 이나 컴퓨터 수업도 했다. 수업은 현직 교사이자 신도인 젊은 청년들 이 맡았다. 모두 이 교회에서 무료 수업을 받고 대학까지 간 사람들이 었다. 나눔을 받아 그 나눔을 다시 나누는 사람들 속에서 아이들은 비로소 학생이 되었다. 이 교회에서는 서로가 서로를 키우며 자라는 것 같았다.

　목사님의 말에 의하면 요즘 학생들이 눈에 띄게 늘었다고 한다. 연 필이나 공책을 후원하는 곳도 많아졌고 그만큼 교육 환경도 좋아졌다. 춥거나 비 오는 날엔 실내에서 형광등을 켤 여유도 생겼다. 누와 라엘리야에서 가난하게 자란 목사님은 많이 나누는 스스로가 좋은 것 같았다. 누가 보아도 확실한 기쁨이었다.

나는 교회에서도 봉사활동을 하고 싶었지만 한국어를 모르는 아이들에게 내가 가진 재능은 딱히 도움 되지 못했다. 나는 수학이나 과학은 나눌 수준이 못 됐고, 미싱은 바늘에 실 끼우는 것만 할 수 있었으며 컴퓨터는 인터넷이랑 포토샵만 근근이 했다. 그래서 나는 돈을 내는 쪽을 택했다. 돈은 조금 성의 없지만 제일 확실한 표현이기도 했다. 목사님 몰래 헌금통에 지폐를 찔러 넣으며 나는 가득 찬 기분이 되었다. 안 먹어도 배부른 마음이 뭔지 알 것만 같았다. 오늘 하루 중 가장 쓸모 있어지는 순간이기도 했고 돈으로라도 쓸모 있어져 다행인 순간이기도 했다.

안녕하세요 슈퍼스타입니다

⁚

    나는 동네 꼬마들에게 슈퍼스타다. 집 밖을 나서면 필연적으로 아이들을 만나게 된다. 처음에는 카메라를 보고 따라왔지만 이제는 카메라가 없어도 인사해 준다. 영어가 아예 안되는 그들과 영어만 근근이 하는 나 사이엔 대화랄 게 없지만 그래도 우리는 말이 통했다. 나는 어느 꼬마가 어느 집에 살고 누가 누구의 동생이고 오빠이고 누나인지 자연스럽게 알았다. 아이들의 몸에서 나는 커리 냄새도 어느덧 익숙해졌는데 그게 커리 냄새가 아니라 안 씻어서 나는 냄새라는 걸 나중에 알았을 때도 나는 괜찮았다.

    사진은 찍어줄 때도 있고 아닐 때도 있다. 컨디션이 좋으면 열 장 스무 장도 찍었지만 귀찮은 날엔 애초에 카메라를 두고 나갔다. 그래도 아이들은 나를 좋아했다. 그들은 뭐라도 마구 나눠주고 싶게 생긴 눈으로 나를 보았기 때문에 가진 것들을 자주 꺼냈다.

볼펜, 사탕, 포스트잇, 립밤, 물티슈

    꺼낸 것 중 아이들이 갖고 싶다는 건 다 줬다. 필요해서든 갖고 싶어서든 나누고 나면 좋았다. 대가 없이 하는 일은 가끔 나를 부자로 만들기도 했다. 먹지 않아도 살찌는 기분은 어쩌면 이런 것이겠다고 생각했다. 아무것도 안 하는 일상 중 그래도 뭔가를 해내는 순간이다.

아무것도 안 하고 싶은 날에도 배는 고팠기 때문에 요리는 꼬박꼬박했다. 김치로 국을 끓이거나 계란프라이를 하거나 치킨으로 만든 소시지를 굽기도 했지만 가끔은 품을 들여 한 상 제대로 차리기도 했다.

한 한국인 여행자가 하이랑카로 찾아왔다. 입대가 얼마 남지 않은 남학생이었는데 그래선지 조금 본격적인 자세가 되었다. 나는 김치말이 국수를 하거나 고기 마트에 들러 소고기를 사 오거나 아껴두었던 불닭볶음면을 끓이는 등 다양한 것들을 만들었다. 어린 학생을 살찌우는 동안 먹는 것보다 더 큰 기쁨은 어쩌면 먹이는 기쁨일 수도 있겠다고 생각했다.

배우고 먹고 만나고 헤어지고 깨닫고 기뻐하는 동안 며칠이 지나갔다. 그 새 몇 편의 칼럼을 쓰고, 이런저런 사진을 찍고, 비자 연장 때문에 콜롬보에도 다녀왔다. 비슷하지만 조금씩 다르거나 특별한 순간들이 끊임없이 흘렀다. 죄다 기억하고 싶은 순간이기도 했다.

공짜 사진전을 기획했다

⬧
⬧

문득 떠오른 아이디어가 있었다. 생각만 했는데 벌써부터 좋았다. 진짜로 실행에 옮긴다면 정말 기쁠 것이었다.

무료 사진전을 구상했다. 주인공은 동네 아이들이며 하루나 이틀 동안 사진전을 연 뒤 전시가 끝나면 주인공에게 작품을 나누어주는 플랜이다. 많은 얼굴들을 찍어 두었기 때문에 높은 확률로 가능할 것 같았다. 인쇄된 사진을 받는다면 아이들이 얼마나 좋아할까. 반듯한 액자에 넣어준다면 훨씬 좋을 것이다. 상상만으로도 뭔가를 시작한 기분이다.

누와라엘리야의 모든 이가 가난한 것은 아니지만 확실히 가난은 이 동네의 많은 부분을 집어삼켰다. 하이랑카의 엄마만 해도 결혼식 때 찍은 사진이 전부다. 사진이란 건 있어도 그만 없어도 그만인 것이기 때문에 가진 게 없는 사람들에게는 쉽게 사치로 분류되곤 했다. 그래도 사치품은 있으면 퍽 좋은 것이기 때문에 아무래도 너무 좋은 생각인 것 같았다. 여러 얼굴들이 떠올랐다. 찍혀보는 것만으로도 좋아하던 어린 얼굴과 좀 덜 어린 얼굴들이 생각났다.

사진을 전문적으로 찍는 사람은 아니지만 오히려 전문가가 아니기 때문에 더 편한 마음으로 할 수 있을 것 같았다. 애초에 어떻게 찍느냐보다 무엇을 찍느냐가 중요한 작업이라고 여겼다. 많은 이들을 웃게 할 자신이 나는 있었고, 반드시 좋은 추억이 될 것이었다. 그들에게도 나에게도.

전시 주제는 곧장 결정했다.
The smile of Nuwara Eliya
누와라엘리야의 미소

스리랑카 사람들은 예쁘게 웃었다. 그러면서도 자주 웃었다. 랑칸들은 부끄러울 때도, 좋을 때도, 어색하거나 반갑거나 할 말이 있을 때나 없을 때도 웃었다. 랑칸들은 주로 이빨을 드러내며 씩 웃거나 입꼬리를 한껏 올리는 방식으로 웃었는데 그럴 때마다 사람 간의 경계는 힘없이 무너졌다. 그들의 웃음에는 여러 가지 의미가 있겠지만 어느 것이든 무해했다는 사실을 나는 기억한다. 누와라엘리야 사람들이 보물처럼 품고 있는 미소의 모양들을 떠올린다.

대략적인 구상을 끝내고 김을 만나러 갔다. 김은 내가 아는 한국인 중 누와라엘리야에 가장 오래 산 사람이었다. 김은 아이디어에 동의함과 동시에 걱정했다. 많은 돈과 시간이 들 것이기 때문이었다.
"생각보다 힘들 거예요. 애초에 사진관이 있는지도 모르겠고요."
그래도 정말로 전시회를 하겠다면 액자나 이젤 제작에 힘을 실어주겠다고 했다. 커다란 액자는 이 지역에서는 거의 필요 없는 물건이기 때문에 주문 제작을 해야 했다. 김은 직접 책상과 걸상을 제작해 본 적이 있다. 혼자서 화로도 뚝딱 만들고 지붕도 직접 고칠 줄 아는 남자였다. 김이 만든 책상과 의자는 한국어를 배우러 온 스리랑카 학생들에게 부지런히 쓰였다. 나는 김과 다른 방식으로 아이들을 웃게 할 생각에 섣불리 벅찬 마음이 되었다.

장소는 히란이 함께 알아봐 주기로 했다. 공공장소를 대관하려면 말 잘하는 사람이 유리했다. 히란은 영어 잘하는 돈 많은 스리랑칸이기 때문에 같이 다니면 도움이 될 것이었다. 식구의 지지를 받는다는 건 정말이지 든든했다. 전시회 계획을 알렸을 때 히란은 놀란 눈을 했다. 어떻게 그런 걸 할 생각을 했냐고. 크레이지하고도 어메이징하다며 재미있어 죽겠음을 숨기지 않았다. 그러면서도 히란은 김과 비슷한 표정을 지었다.

"돈이 많이 들 텐데…."

돈이 많이 드는 건 아무래도 확정된 모양이었다. 인도로 돌아가기 전 몰디브 여행을 하고 싶었는데 아무래도 포기해야 할 것 같았다.

매니저도 일정에 참여했다. 우리 세 사람은 엄마가 내려준 홍차를 홀짝이며 전시회 예산을 짰다. 돈은 내가 내겠지만 되도록이면 최소한의 돈만 낼 수 있도록 두 사람이 도울 것이었다. 사설 기관보다는 공공 기관이 나을 것 같다는 것에 모두의 의견이 모였다. 누와라엘리야에는 넓은 장소를 가진 시립 도서관과 우체국이 있다. 공공장소는 대관료가 덜 들거나 안 들 것이기 때문에 최선의 방법이었다. 허가를 받는 데 실패한다면 하이랑카 앞마당을 사용하는 것으로 플랜 B를 세웠다. 사진 속 주인공은 동네 사람들이고 주민들은 하이랑카를 무조건 알았기 때문에 나쁘지 않았다. 그래도 되도록이면 관공서 직원을 설득해보자고 했다. 요즘 들어 비가 자주 왔기 때문이다. 누와라엘리야는 비가 왔다가 그쳤다가를 하루에도 몇 번이나 반복하는 곳이니까.

　타운에 괜찮은 사진관이 하나 있었다. 매니저가 동네 사람들에게 전화를 돌려 위치와 연락처를 알아냈다. 타운에서 조금 떨어진 곳에 신식 장비들을 갖춘 곳이 있는데 인화 작업과 현수막 출력 업무를 같이 했다. 매니저를 통한다면 인화 비용을 줄일 수 있을 것 같았다. 두 사람은 적극적으로 도우면서도 외국인 신분으로서의 나를 걱정했다. 돈 쓰기로 마음먹은 외국인에게 바가지 씌우는 건 아주 쉬우니까. 최대한 그렇게 되지 말라고 히란은 하이랑카 명함을 줬다.

　"필요하게 되면 써."

　웬만하면 그럴 일이 없길 바란다고도 했다. 같은 생각이었다.

　며칠 뒤 히란과 집을 나섰다. 대관 신청을 위해 시청을 방문하기로 했다. 오랜만에 원피스를 꺼내 입고 화장도 했다. 인도와 스리랑카를 여행하는 동안 피부색이 변했기 때문에 톤이 안 맞는 파운데이션은 무척 촌스러워 보였다. 히란은 아이라인을 짙게 올린 내 눈을 자꾸만 쳐다봤다.

"왜 자꾸 봐. 오늘따라 눈이 커 보여?"

"무슨 소리야. 여전히 작아서 놀라는 중인데."

"야, 누누이 말하지만 나 작은 눈 아니거든?"

"아니야 작아. 가끔은 어떻게 앞을 보나 싶다니까?"

히란은 너무 동아시아적인 내 눈을 자주 놀렸다. 이 나라 사람들은 아주 진하게 생겼기 때문에 내 눈은 거의 구멍 취급을 받았다. 스리랑칸들은 뭐랄까, 눈, 코, 입이 전부 '빡' 있었다. 내가 라떼라면 그들은 에스프레소 쓰리샷 같은 느낌. 히란은 나를 놀리는 재미로 사는 것 같을 때가 있었는데 따지고 보면 인종 차별이지만 희한하게 기분 나쁘지는 않았다.

말끔하게 차려입은 동아시아 여자와 서남아시아 남자는 시청 로비에서부터 주목받았다. 외국인이 시청을 찾을 일은 거의 없기 때문에 꾸벅 졸던 공무원들은 티 나게 긴장했다. 히란이 방문 목적을 설명하자 갑자기 시큐리티들이 우리를 둘러쌌다. 히란의 말로는 높은 분의 방으로 안내될 거라고 했다. 정중하긴 한데 왠지 끌려가는 느낌이라 잔뜩 졸았다. 고작 외국인 안내하는 데 가드가 여섯이나 붙을 이유는 무엇인가.

방에는 비싸 보이는 의자에 엄청 못된 인상을 가진 아줌마가 앉아 있었다. 히란은 예의를 차리며 인사했는데 갑자기 너무 마흔여덟스럽게 행동해서 약간 소름이 돋았다. 친한 친구의 비즈니스를 보는 기분이랄까. 너무 오글거려서 때려주고 싶었다. 우리 엄마가 내가 업무 전화를 할 때 서울말을 쓰면 토하는 시늉을 하는 것과 비슷한 기분. 아줌마는 여기서 많이 높은 사람인 것 같았다. 히란과 아줌마는 신할리로 대화했기 때문에 무슨 말인지 알아들을 수는 없었지만 히란이 나를 향해 손짓할 때마다 아줌마는 고개를 깊이 끄덕였다. 그러다 히란이 자기소개랑 전시 목적 정도는 스스로 설명하는 게 좋겠다고 했다. 나는 영어로 더듬더듬 말했다. 나는 한국에서 온 여행 작가라고. 여행 에세이를 쓰거나 신문에 칼럼을 기고하는 사람이라고. 스리랑카가 너무 좋아서 두 달 정도 살았는데 이제 떠날 때가 되어 선물을 남기고 싶다고. 그 선물이 사진전이 된다면 나와 동네 사람 모두가 행복할 수 있을 거라고. 그 기회를 당신이 준다면 참 좋겠다고.

아줌마는 히란과 조금 더 말을 나누다가 내게 제안서를 써오라고 했다. 외국인이 대관을 신청한 적은 한 번도 없었기 때문에 더 윗선에 보고할 필요가 있다고 했다. 그 윗선은 더 윗선에 보고를 할 것이기에 최종 결과까지는 좀 더 걸릴지도 몰랐다. 공무원들 복잡하고 느린 건 우리나라랑 똑같구나. 그렇지만 티 내지 않고 곱게 알겠다고 말했다.

내일까지 영어로 쓴 제안서를 제출하기로 하고 사무실을 빠져나왔다. 여섯 명의 가드들은 여전히 사무실 앞을 지키고 있었다.

우리는 점심을 먹고 집으로 돌아오는 내내 서로를 놀렸다. 너 예의 바른 척 쩐다고, 그러는 너도 영어 잘하는 척 쩐다고, 나한테도 좀 그렇게 잘 해보라고, 너야말로 좀 그러라고. 티격태격 집으로 돌아왔는데 저택 앞에 못 보던 남자가 우뚝 서 있었다. 가까이 다가가자 남자가 히란과 내게 인사했다. 남자는 지역 신문사 소속 기자였다.

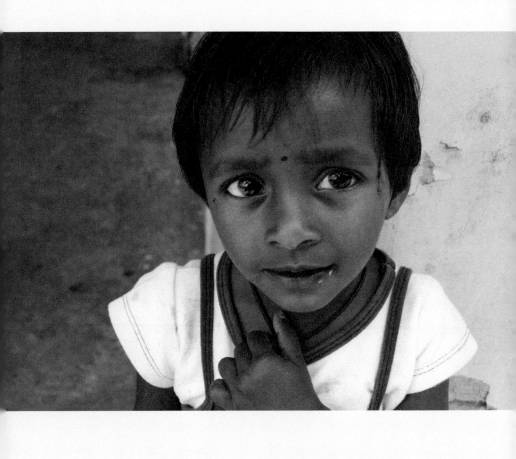

방송국 PD들이 찾아왔다

◆
◆

　전시회 소식은 빠르게 퍼진 모양이었다. 매니저가 사진관 정보를 묻느라 전화를 돌리는 동안, 엄마가 동네 사람들에게 자랑하고 다니는 동안, 대관 장소 때문에 히란이 이곳저곳 문의를 넣는 동안 사람들의 관심이 부쩍 늘었다.

　기자는 히란의 절친 아지트로부터 소식을 들었다고 했다. 아지트는 돈 잘 벌고 외국인과도 친한 히란을 질투함과 동시에 무력 응원하는 사람이었다. 전시회 소식은 아지트가 듣기에도 너무 좋았기 때문에 기자에게 제보를 했다. 기자는 하이랑카와 멀지 않은 곳에 살았기 때문에 곧장 찾아올 수 있었다.

　기자는 내게 인터뷰를 요청했다.

　"어느 나라에서 왔죠, 왜 전시회를 기획하게 되었나요,
　전시 주제는 어떻게 되죠?"

　나는 시청에서 했던 이야기를 똑같이 반복했다. 기자는 영어를 아주 잘하지 못했기 때문에 중간에서 히란이 통역했다. 내가 한 말은 히

란을 통해 약간 더 길거나 짧게 전달되었다. 아마 훨씬 더 있어 보이는 문장으로 고쳐졌을 것이다.

"정말 대단한 한국인이네요."

기자는 진심으로 감탄한 뒤 이런 전시회를 열어줄 정도로 한국인들은 부자인 것이냐고 장난스레 물었다. 나는 절대 그렇지 않다고 대답했다. 물론 그런 사람도 있겠지만 나는 아니라고. 나는 몰디브 여행을 포기하고 이 전시를 기획했다고 말했다. 몰디브는 스리랑카와 아주 가까운 섬이기 때문에 기자는 크게 안타까워했다. 그러면서도 고맙다는 인사를 잊지 않았다. 그 말은 영어로 했기 때문에 히란이 통역해주지 않아도 되었다.

대관 신청은 다행히 통과됐다. 제안서를 제출하고 며칠 후 전화로 통보받았다. 영어로 쓴 제안서는 히란이 조금 더 스리랑카다운 스타일로 수정했다. 레이아웃도 이 나라 공무원 스타일로 바꿨다. 온점 하나, 띄어쓰기 하나까지 목숨 거는 건 우리나라랑 똑같았다. 제안서는 히란의 손을 거치면서 매우 고리타분하고 촌스럽게 변했는데 덕분에 시립 도서관 강당을 하루 대관하는 데 성공했다. 공무원의 말에 따르면 강당은 애초에 누구에게 빌려주는 공간이 아니었다. 내부 행사를 진행하거나 동네에 축제가 있을 때만 간헐적으로 개방되는 곳이라고. 그래도 전시회 취지가 좋기에 이번만 특별히 수락해주겠다고 말했다. 시청에서 만났던 아줌마는 통과 사실을 알려주며 자기가 윗선과 그 윗선의 윗선에게 말을 잘해주었음을 여러 번 강조했다.

장소와 날짜가 결정되자 진짜로 뭔가를 할 수 있게 됐다. 사진을 고

르고, 인화하고, 액자나 이젤을 제작하고, 동네 사람들에게 돌릴 초
대장을 만들기로 했다. 초대장은 신할리나 타밀어로 번역해야 하기 때
문에 히란도 매니저도 할 일이 많았다. 포스터도 만들어 타운 곳곳에
붙이면 좋을 것이었다. 그러려면 디자인도 하고 인쇄도 맡겨야 하기
때문에 시간을 쪼개 써도 모자랐다.

　사진은 신중히 고르지 않았다. 얼마나 잘 찍었냐는 중요하지 않은
전시회다. 초점이 나갔거나 심하게 기울어진 것만 아니면 웬만해선 쓰
기로 했다. 쓸 만한 사진이 많은 건 다행이었다. 인화비는 걱정한 것
만큼 비싸지 않았다. 제일 작은 크기는 우리나라 돈으로 거의 몇백
원이었다. 미리 알았더라면 전시회가 아니라 평소에도 듬뿍 뽑아 아
이들에게 나누어 줄걸. 사진은 한 사이즈씩 커질수록 가격도 배로 뛰
었다. 60장 정도를 골라 USB로 넘기고 견적을 받았다. 사진관 측에서
는 특별 서비스로 색감 조정도 해주겠다고 했다. 비전문가인 나는 고
맙다고 인사한 뒤 전액 현금으로 결제했다. 인화비가 싸서 너무 좋았
다. 김과 히란이 겁준 것에 비해 턱없이 적은 금액이었다. 인화를 마
친 기념으로 그랜드 호텔에서 피자를 사 먹었다. 그랜드호텔 피자는
작고 비쌌지만 맛있었기 때문에 기분이 아주 좋거나 나쁠 때만 먹는
음식이다.

　복병은 뜻하지 않은 곳에서 나타났다. 액자 제작 비용이 어마어마
했던 것이다. 액자는 모조리 주문 제작해야 했는데 작은 것 하나에
몇만 원이 넘었다. 그것도 앞면 유리가 없을 때 얘기고, 유리까지 추가
하면 배로 들었다. 나는 약간 바가지를 쓰는 것 같다고 생각했지만 김

과 자간트가 동행했는데도 금액이 달라지지 않는 걸 보고 믿을 수밖에 없었다. 결국 큰 사진 일부만 액자를 맞추고 작은 사진은 이동식 가벽에 테이프로 붙이기로 결정했다.

"자간트, 혹시 액자가 없다고 실망하면 어떡하지?"

"걱정하지 마요."

자간트는 웃었다. 전시장에 사진이 걸리는 것만으로도 아이들에게는 충분히 좋은 추억이 될 거라고, 아마 평생 그런 경험은 못 해볼 거라는 말에 나는 비로소 안심했다. 어마어마한 액자 제작 비용을 결제하며 몰디브 여행은 진짜로 물 건너갔다고 확신했다. 내가 정말 돈이 많은 사람이었다면 얼마나 좋았을까. 마음껏 베풀지 못할 때 나는 자주 아쉬운 마음이 들었다.

전시회는 자간트에게도 기대되는 일인 것 같았다. 외국인이 이런 이벤트를 벌이는 게 처음이기도 하고, 그 행사에 본인이 참여한다는 것에 신난 것 같기도 했다. 자간트는 자신도 뭐든 해주고 싶다고 말하더니 그날 저녁 대형 사고를 쳤다. 인터뷰가 실린 신문을 들고 교육감을 찾아간 것이다. 교육감과 자간트 사이에는 깊은 친분이 있었다. 자간트는 교육감에게 이 전시를 누와라엘리야에 있는 모든 학생이 관람할 수 있게 도와달라고 요청했다. 전시회는 평일 낮에만 진행되기 때문에 학생들이 도서관을 방문하려면 교장들의 허가가 필요했다. 교장들은 다시 교육감의 허가를 구하기 위해 교육청에 공문을 보내는 지루한 과정을 거쳐야 한다. 이 과정을 모두 건너뛰기 위해 직접 자간트가 움직였다. 다행인지 뭔지 교육감은 곧장 허락했다. 전시 주제인 '누와라엘리야의 미소'가 아주 마음에 든다며, 직접 교육청에 전화해 지시까지 내렸다. 공문에는 누와라엘리야 학교에 소속된 모든 학생이 전시 당일 견학을 할 수 있도록 허가한다는 내용이 실렸다. 이것이 현실로 이루어진다면 관람객은 천 명이 넘을 것이었다.

그러면서 일은 훨씬 더 커졌다. 교육감이 전시 당일 축사를 하겠다고 나섰고, 그가 움직이면서 담당 공무원들까지 참석이 결정됐고, 때문에 방송국 PD들까지 찾아왔다. 순식간에 스리랑카 각 방송사에서 취재 요청이 쏟아졌다. 나는 혼돈에 빠졌다.

'이게 다 자간트 때문이야!'

소박하게 진행하려 했던 전시회가 갑자기 매스컴을 타게 됐다. 미칠 것 같은 기분이 되었다. 나는 PD들과 사전 인터뷰를 진행했다. 영어로 더듬더듬. 카메라 앞에서 나는 무척 떨었다. 정말이지 순식간에 일어난 일이라 무슨 말을 해야 할지 몰랐다. PD들은 전시 당일에도 영어 스피치를 해줄 것을 요청했는데, 나는 그 정도로 영어를 잘하지 못한다. 미치고 팔짝 뛸 노릇이었다.

스케일이 커진 만큼 준비물도 배로 들었다. 교육감의 연설을 위한 교탁과 마이크, 행사 진행을 위한 영어와 신할리어를 할 줄 아는 사회자, 각 기관 공무원들이 앉을 의자들. 교육청에서는 한술 더 떠 전시장에 스리랑카 국기와 태극기를 걸고 각 나라의 국가도 틀자고 했다. 그러면 앰프도 있어야 한다는 뜻인데 그 비용은 누가 내는데! 아, 대여비는 또 얼마나 비쌀까, 얼마나 바가지를 씌워댈까! 그나저나 태극기는 어디서 구하지? 일이 왜 이렇게 커진 거야. 울고 싶어졌다. 누가 봐도 이 전시회는 그 정도 스케일이 아닌데. 전시 환경도 별로고 무엇보다 나는 사진작가가 아니었다. 내가 상상한 전시회는 소박하지만 나름대로 즐거울, 딱 그 정도의 수준인데. 이 나라 사진협회 간부들이 전시회에 참석하기로 했다는 소식을 접했을 때는 정말로 울어버렸다. 사진협회라니, 이게 무슨 일이람? 능력 이상의 것을 해내는 건 두려운 일이다. 그걸 들킨다는 건 훨씬 무서운 일이고. 곧 스리랑카 국민들은 밑천을 드러내며 쩔쩔매는 한국인의 모습을 저녁 뉴스를 통해 감상하게 되겠지. 사진협회에서는 사진도 못 찍는 주제에 저런 걸 할 생각을 했다고 비웃을지도 모른다. 감당할 수 없을 만큼의 두려움이 몰려왔다. 나는 전시장에 주저앉아 엉엉 울었다. 전시회가 고작 하루 앞인데, 아! 진짜 어떡하지?

그때 전시장으로 사람들이 우르르 들어왔다. 김과 히란과 자간트와 한국어반 학생들이었다.

"내 이럴 줄 알았지. 일 커졌다면서요? 소문 다 났어요."

김은 우는 나를 보자마자 놀렸다.

"걱정 안 해도 돼요. 우리가 다 도와줄게요."

자간트가 위로했다. 야! 일 키운 게 누군데!

"쯔쯔, 지아 네가 그렇지. 울기나 하고."

히란은 핀잔에 나는 어쩐지 더 울어버렸다. 내가 생각해도 너무 바보 같지만 이들이 와주어 사실 고마웠다.

학생들은 플라스틱 의자들을 전시장에 착착 세팅했다. 어디서 구해 온 건지는 알 수 없었다. 학생들은 힘이 좋았기 때문에 엄청난 양의 의자들을 금방금방 열 맞춰 채웠다. 김은 커다란 스피커를 가져왔다. 학교 방송실에서 쓰는 장비인데 하루 대여했다고 했다. 전시 소식은 이미 학교에서도 알았기 때문에 무료로 빌려주었다고 했다. 사회는 자간트네 학원에서 근무하는 여선생님이 맡아주기로 했다. 선생님은 영어도 신할리어도 할 줄 알았는데 그새 스크립트도 짜왔다. 학생들은 전시 당일 안내를 돕기로 했다. 관람객이 천 명이나 된다는 말에 막막했는데 안내원이 열 명이나 되어 무척 안심이 되었다. 그리고 대망의 태극기. 자간트가 가방에서 태극기를 꺼냈다.

"내가 제일 아끼는 거예요."

자간트는 한국 유학을 마치고 고국으로 돌아올 때 태극기를 품에 안고 왔다고 했다. 한국에서의 추억을 잊고 싶지 않았다고. 한국에서의 5년이 너무 좋았기 때문에 오래오래 기억하고 싶었다고. 태극기와 스리랑카 국기를 벽에 걸며 나는 또 울었다.

내가 진짜 잘 살긴 했나 보다.

다행이고, 고맙고. 이런 마음을 뭐라고 표현해야 할까.

우는 나를 세 사람이 돌아가며 달랬고, 울음을 그친 후엔 또 차례대로 놀렸다. 다 큰 여자가 엉엉 소리 내 우는 모습은 너무 웃겼기 때문에 학생들도 키득댔다.

갑자기 아무것도 두렵지 않아졌다.

이들만 곁에 있어 준다면 카메라 앞에서도 떨지 않을 것 같았다.

혹시 떨더라도 까짓것 괜찮지 않을까?

생각보다 스리랑카에는 친구들이 많았다.

사진 못 찍는
여행 작가의 스리랑카 사진전

⁝

거의 못 잔 것처럼 자고 일어났다. 잠들기 직전까지 외우던 영어 스피치 대사가 베개 자국처럼 머리에 남았다. 잠꼬대마저 영어로 한 것 같기도 했다.

"안녕하세요. 대한민국에서 온 서현지입니다. 오늘 이 자리에 참석해 주셔서 감사합니다."

아직 아침이 시작되기도 전이었다.

너무 많이 꾸민 채 1층으로 내려오니 히란도 매니저도 엄마도 놀랐다. 반짝이를 바른 눈, 마스카라로 한껏 올린 속눈썹, 헤어까지 예쁘게 세팅하니 세 사람은 '진짜 한국 사람' 같다고 했다. 너무 한국인 같은 모습은 나조차도 어색했다. 엄마는 소리 안 나게 박수를 치며 "마이! 도우터! 마이!" 했다. 엄마의 '마이'는 왠지 무엇이든 해낼 수 있을 것 같은 힘을 주었다.

전시장에 도착해 스피치 연습을 했다. 스크립트를 전부 외우지는 못했지만 슬쩍슬쩍 커닝한다면 충분히 할 수 있었다. 말이 너무 빨라진다 싶으면 히란이 손으로 신호를 줬다. 그의 손을 메트로놈 삼아 나는 숨을 고르거나 강조해야 할 부분을 점검했다. 나는 실전에서 완전 내 멋대로 해버리는 스타일이기 때문에 확실한 연습은 반드시 필요했다. 강연 경험이 많은 것은 이럴 때 무척 도움이 되었다.

김과 자간트와 학생들도 속속 도착했다. 김은 오자마자 애국가가 제대로 나오는지, 이게 스리랑카 국가가 맞는지 여러 번 확인했다. 준비가 진행되는 동안 벌써부터 관람객이 들어오기 시작했다. 아직 전시가 시작되려면 한 시간은 남았는데.

이른 시간에 전시장을 찾은 것은 동네 아이들이었다. 아이들은 초대장에 적힌 장소와 날짜만 보고 무작정 전시장을 찾았다. 전시회가 뭔지 잘 몰랐던 아이들은 도서관으로만 가면 당장 사진을 받을 수 있다고 생각한 것 같았다. 학교를 다니지 않는 아이들은 눈을 뜨자마자 씻지도 않고 찾아와 손을 내밀었다. 사진은 여섯 시 이후에 줄 수 있다고 자간트가 친절히 설명했다. 아이들은 왜 여섯 시까지 기다려야 하는지 도무지 모르겠다는 표정을 하면서도 전시장에 크게 걸린 제 얼굴을 보고 너무 좋아했다. 어떤 애는 벙찌면서 놀라고 또 어떤 애는 소리를 꺅 지르면서 놀랐다. 왜 당장 가져갈 수 없냐고 우는 아이도 있었다. 그 아이는 이번 전시의 메인 모델이었다. 아이는 가진 옷 중 가장 깔끔한 옷을 껴입고 할머니와 함께 전시장을 찾았다. 할머니는 아이의 유일한 혈육이자 가족이기도 했다. 우는 모습이 안쓰러워 지금 당장이라도 주고 싶었지만 그럴 수 없었다. 메인 사진은 아주아주 큰 데다가 너무 무겁기 때문에 거는 데만 30분이 걸린 작품이었다. 사진관에서는 인쇄가 불가능한 사이즈라 방수 현수막으로 특수 제작한 것이다. 히란은 여섯 시가 넘으면 집으로 직접 가져다주겠다고 약속했지만 그래도 못 믿겠는지 아이는 여섯 시까지 여기서 기다리겠다고 했다. 아이는 누군가를 신뢰해본 적이 거의 없는 사람처럼 행동했다. 생각해보면 이 동네 대부분의 아이들이 그랬다. 믿음에 보답받은 적이 거의 없기 때문인지, 할 수 있을 때 최선을 다해 떼쓰는 건지도 몰랐다.

교육감은 전시 시작 30분 전에 도착했다. 그는 엄청 고급스러운 차에서 내려 사람들의 경호를 받으며 전시장으로 입장했다. 전문 사진사도 따라와 그의 행동 하나하나를 카메라에 담았다. 교육감이 등장하면서 공기의 밀도가 한껏 올라갔다. 아무도 떠들지 않았고 앉아 있던 사람들도 몽땅 일어났다. 분위기가 너무 본격적이라 나는 숨을 크게 들이쉬었다가 천천히 뱉었다. 같은 과정을 세 번 반복했다.

교육감과 나는 입구에서 커팅식을 진행했다. 한국에서도 해본 적 없는 일을 한 나라의 교육감과 하고 있는 내가 너무 낯설어 어쩐지 표정이 굳고 말았다.

교육감이 축사를 시작했다. 많은 언어를 할 줄 아는 자간트가 교육감의 축사를 한국어로 통역했다. 그는 일단 매우 고맙다고 말했다. 자국민조차 일일이 신경 써주지 못하는 부분을 한국인인 내가 챙겨줘 크게 고맙다고. 미리 알았더라면 더 오래 전시를 할 수 있도록 허가했을 텐데 아쉽다고도 했다. 그런 뒤 교육감은 내게 하늘색 비단을 선물했다. 사람들이 벌떡 일어나 크게 박수를 쳤다. 무슨 의미인지 모르는 나는 멀뚱히 서 있었는데 사회를 맡은 여선생님이 뛰어와 푸른 비단을 양어깨에 둘러줬다. 하늘색 비단은 국가적으로 아주 고마운 사람에게만 주는 상징적인 물건이라고 했다. 너무, 진짜, 우와! 황송해진 나는 고개를 깊이 숙여 인사했다.

교육감이 떠나고, 드디어 첫 학교 학생들이 들이닥쳤다. 너무 많은 아이가 있었기 때문에 담임 선생님들이 크게 애를 먹었다. 나는 입구에서 인사하느라 바빴기 때문에 전시 안내는 자간트와 그의 학생들이 맡아주었다. 아이들은 시끄럽게 떠들며 사진을 감상했다. 사진 속 인물들은 저마다 웃고 있었기 때문에 표정을 어색하게 따라 해보는 아이들도 있었고, 나에게 찾아와 자기도 사진을 찍어달라고 조르는 아이도 있었다. 쉬는 시간 없이 계속 다음 학교 다음 학교 학생들이 왔다. 무슬림 학교에서도 오고, 힌두교 학교, 천주교 학교에서도 왔다. 나는 각 종교에 따라 신할리어로도 인사했다가 타밀어로도 인사했다. 담임 선생님들 중에는 셀카를 찍자고 요구하는 분도 있었다. 몇 분은 사인도 받아 갔다. 사진전으로 사인을 해주는 날이 올 줄이야. 반듯한 연습장에 정성을 다해 '랑카변태 서현지'라고 썼다. 인도는 랑칸들이 너무 싫어하는 나라기 때문에 오늘만 랑카변태가 되기로 했다.

동네 사람들도 참석했다. 아침에 왔던 아이들도 벌써 여러 번 다시 들렀는데 제 얼굴이 그 자리에 여전히 있는 것을 보고 매번 안심했다. 사진관 직원들도 왔고, 현수막과 홍보 포스터를 뽑았던 인쇄소 직원들은 선물까지 사서 들렀다. 그들이 사 온 초콜릿은 봉사하던 학생들과 와구와구 나눠 먹었다. 우파리 아저씨와 그의 가족들, 매일 들르던 마트 직원들, 어쩌다 근처를 지나던 외국인 관광객, 하이랑카에 묵던 별관 손님들도 들렀다. 아는 얼굴이 등장할 때마다 나는 너무 고마워 얼른 뛰어가 인사했다.

　사진협회 사람들은 진짜로 왔다. 너무 부담스러웠던 집단이었기 때문에 나는 교육감이 올 때보다 더 긴장했는데 의외로 그들은 사진이 너무 좋다고 칭찬했다. 그럴 리 없기 때문에 마음껏 좋아할 수 없었지만 어쨌든 고맙다고 했다. 협회 사람들은 내게 어떻게 찍으면 더 잘 찍을 수 있는지 팁을 몇 가지 알려줬다. 카메라 용어는 너무 어려운 데다가 영어였기 때문에 나는 거의 못 알아들으면서 다 알아듣는 척했다. 협회 사람들은 앞으로 자기들끼리도 이런 기획을 해보면 좋겠다고 했다. 누와라엘리야의 미소가 2탄, 3탄으로 이어지기를 나는 잠시 기대했다.

　체력을 거의 소진했을 때쯤 방송국 PD들과 스피치 녹화를 진행했다. PD들은 사진을 받고 좋아하는 아이들의 모습과 전시장 풍경과 이 전시회를 기획한 나와 수많은 도우미의 모습을 카메라에 담았다.

모든 일이 끝을 향해 달려갈 때, 나는 무럭 피곤함을 느꼈다. 그러면서 몽롱한 정신으로 시끄러운 전시장을 둘러보았다. 누와라엘리야에 사는 동안 만난 얼굴들이 한자리에 있었다. 내 식구들, 친구들, 학생들, 동네 사람들. 모두 이곳에 살기 시작하며 시작된 인연들이었다. 스리랑카로 오길, 남인도로 일찍 돌아가지 않길, 몰디브 여행을 포기하길 정말 잘했다고 생각했다.

아무리 생각해봐도 정말 그런 것 같았다.

두 달 살기를 마치며

얼마 남지 않은 시간이 소중히 흘렀다.

인도로 돌아갈 날이 뚜벅뚜벅 다가오고 있었다.

별다른 일은 없었다. 전시회가 끝나고 무척 피곤했던 것, 중국인 투숙객들과 아주 재미있게 놀았던 것, 그리고 떠나기 직전 동갑내기 한국인 여행자 박이 찾아와 무럭 즐거웠던 것 외에는 똑같은 일상이 흘렀다.

떠나기 전 마지막으로 김치를 만들었다. 자간트와 우파리 아저씨,
그리고 남겨질 하이랑카 가족들을 위해서다. 김치는 이제 너무 많이
만들었기 때문에 쉽게 시작했다가 금방 끝났다. 조그만 배추를 여러
개 사다가 소금에 재우고, 소를 바르고, 통에 넣어 살짝 숙성시킨 뒤
친구들을 찾아가 선물했다. 마지막 김치는 주는 나도 받는 친구들에
게도 조금 슬펐다. 살기로 결정함으로써 유예시켜 온 이별이 며칠 안
에 다가올 것이었다.

한국인 여행자 박과 함께 뚝뚝을 타고 마을을 돌았다. 전시장에 오지 못한 사람들에게 액자를 건네기 위해서다. 그들은 전시에 참석하지 못한 걸 미안해했다. 전시장에 입고 갈 만한 단정한 옷들이 없었기 때문이다. 미처 생각하지 못한 부분이었다. 헤아리지 못한 마음이기도 했다. 나중에 김에게 전해 들었는데 어떤 할아버지는 액자를 받고 엉엉 우셨다고 했다. 태어나서 한 번도 사진을 찍혀본 적 없는 분이었다. 아마 내가 찍어준 사진은 그분의 첫 사진이자 영정 사진이 될지도 모른다고 했다. 나는 지나치게 뿌듯해지지 않기 위해 노력했다. 그런 큰 의미의 말은 나를 버겁게 했기 때문이다.

곧 마지막이 된다고 생각하면 자주 울음이 나왔다.
마지막 산책, 마지막 장보기, 마지막 인사,
마지막 뚝뚝, 마지막 바가지.
모든 순간이 시작되고 끝날 때마다 뿌리가 시큰했다. 마트 시큐리티들과 인사를 나눌 때, 그랜드 호텔 직원과 커피를 나눠마실 때, 김과 산등성이를 걸으며 비를 맞을 때, 끝이란 건 자꾸 뭔가를 썰어내는 느낌이었기 때문에 나는 최대한 마음이 도려내지지 않게 노력했다. 물론 쉽게 되는 일은 아니었다.

나는 하이랑카 식구들을 위해 예쁜 옷을 한 벌씩 샀다. 눈대중으로 대충 샀는데 다행히 사이즈가 세 사람에게 딱 맞았다. 히란에게는 보라색 니트를, 매니저에게는 점퍼를, 엄마에게는 엄청 화려한 색깔의 치마를 선물했다. 히란과 매니저는 옷에 돈 쓸 줄 몰라 매일 같은 옷만 입었고, 엄마는 새 옷을 살 돈이 없었기 때문에 선물은 모두를 만족시켰다.

하이랑카 가족들은 파티를 준비했다. 닭고기를 잔뜩 사다 음식을 만들고 샴페인과 작은 선물을 준비해 조촐히 환송회를 했다. 파티에 함께 어울리고 싶다는 손님이 더러 있었지만 히란이 정중히 거절했다. 함께 살던 이와의 마지막 식사라고 하니 모두 이해해주었다. 나는 파티란 자고로 시끌해야 한다고 생각했던 사람인데, 어쩐지 오늘만큼은 히란이 하는 대로 두고 싶었다. 우리는 언어가 다르기 때문에 작은 영어에도 부쩍 귀를 기울여야 하기 때문이다.

"지아. 마지막은 아닌 거야. 그렇지?"

반백이 다 되어가는 히란도 이별은 아쉬운 모양이었다. 엄마는 내가 사준 옷을 어루만지며 "마이!마이!" 했고, 매니저는 부처님 같은 얼굴로 웃었다. 나는 고개를 크게 끄덕였다. 도저히 울지 않을 수 없는 순간이었다. 너무 자주 운다고 놀림을 받는다고 해도 어쩔 수 없는 일이었다.

많은 것들을 했다. 글로 다 적지는 못했지만 무수한 날들을 꽉 채워 보냈다. 폭우 때문에 3일 동안 정전이 된 적, 옆집 할아버지가 자살한 적, 동네에 크게 불이 나 바가지를 들고 달려간 적. 이상한 손님이 너무 많아 자주 싸웠고, 생각만 해도 기분 나쁜 차별을 당한 적도 있었고,

식구들끼리도 한 번씩 의견이 안 맞아 큰 소리 낼 때도 있었다.

이 집을 드나들었던 사람들과도 여러 순간을 남겼다. 한 손에 꼽힐 정도로 적었던 한국인 손님도, 리스닝 실력을 부쩍 향상시켜주었던 서양인들도, 이유 없이 너무 많은 사랑을 주었던 중국인 손님과, 내가 만든 김치를 아주 잘 먹어준 일본인 손님들, 그리고 내 라면을 몰래 훔쳐 먹곤 악동 같은 얼굴로 미안하다고 말하던 이스라엘리까지. 모든 이들의 얼굴이 기억에 지문처럼 남았다. 아주 고유한 기억이기 때문에 떠올릴 때마다 나는 자주 웃었다.

두 달을 살았지만 특별히 뭔가를 깨달았다고는 못하겠다. 깨닫는다는 건 쉽게 오지 않는 순간이고 무엇보다도 나는 아무거나 섣불리 깨달아버리는 사람이 되고 싶지 않다. 그저 나는 하이랑카에 사는 동안 몸의 안과 밖을 무럭 살찌운 것, 나누는 기쁨을 약간 알게 된 것, 베푼 만큼 돌아오는 기적을 눈으로 목도한 것, 영어를 못해도 말은 통한다는 것, 내가 아는 게 정답이 아닐 수도 있다는 것, 여행은 그저 시간만으로도 친구를 만든다는 것, 그리고 텍스트로 가지런히 정리하기 힘든 감정의 두께나 질감이란 것도 있음을 알았다.

살아보기로 한 건 좋은 결정이었다.

누와라엘리야는 빼곡한 불편이 있는 도시지만 무수한 이야기가 있는 곳이기도 했다. 그 속에 나의 시간을 보낼 수 있었던 건 무척 다행인 일이었다. 내 스스로 결정한 일 중, 아주 잘한 일 중 하나기도 하다.

작가의 말

하이랑카는 여전히 그 자리에 있습니다
히란과 매니저와 엄마는 오늘도 누와라엘리야에서
빨래를 하고 장을 보고 손님을 받으며 지냅니다

무수한 이야기가 있었습니다
소중한 곳인 만큼 진심을 다해 썼습니다
언젠가는 그곳으로 다시 돌아갈 수 있기를 바랍니다

그리운 마음을 담아 쓴 만큼
그 진심이 전해졌기를 바랍니다
함께 걸어주셔서 감사합니다

땀 흘리는 도시

초판 1쇄 2021년 01월 22일

지은이 서현지
발행인 김재홍
디자인 김다윤, 이근택
교정·교열 박순옥, 전재진

발행처 도서출판지식공감
브랜드 문학공감
등록번호 제2019-000164호
주소 서울특별시 영등포구 경인로82길 3-4 센터플러스 1117호(문래동1가)
전화 02-3141-2700
팩스 02-322-3089
홈페이지 www.bookdaum.com
이메일 bookon@daum.net

가격 13,000원
ISBN 979-11-5622-566-9 03810

문학공감은 도서출판지식공감의 인문교양 단행본 브랜드입니다.